巷弄間的妖怪們
綾櫛小巷加納裱褙店
ろじうらのあやかしたち
2
行田尚希

❖目次❖

巷弄間的妖怪們 2

❖ろじうらのあやかしたち❖

綾櫛小巷加納裱褙店

行田尚希

輕文學
Light Literature

第一章

鐮鼬的故事

你聽說過在玉響通裡的綾櫛小巷嗎？

只要這樣詢問周遭的人，基本上都能預測到接下來會聽到大同小異的答覆。

「咦？那是哪裡？」

「有這個地方嗎？」

「沒聽說過耶。」

既然這樣，就改問他們知不知道玉響通上的香菸舖。這麼一來大家應該會立刻想到「啊啊，就是有個像尊雕像的老太婆在的那間香菸舖吧」。

可是不管我再怎麼說明店舖旁邊的小路就是綾櫛小巷，也只會得到「有那條路嗎？」的回答，接著便是「別管那個了，話說……」毫不遲疑地略過它，立刻轉移話題。

到去年為止，我應該也會說出同樣的話吧。

然而那條路現在已經變成我熟到不能再熟的路了，所以一個人的人生真的是難以捉摸，實在不知道何時會發生何事啊。

距離車站頗近的玉響通，林立著從以前一直保留至今的木造建築，是一條讓人感受得到歷史氛圍的街道。雖然不像商店街那樣熱鬧，不過也有好幾間被稱為老舖的店面至今仍掛著招牌營業。可能就是因為如此，白天開店時雖然人來人往地相當熱鬧，但是像現在這種開店前的時刻，路上就是一片空空蕩蕩，杳無人跡。在春假期間，連平常上學會經過的學生都不見蹤影，因此更顯得加倍寂寥吧。

即使如此，唯有那間香菸舖還是照常開門營業。前陣子，這裡才因為阿婆腰痛站不起來而暫時公休，不過她已經在前幾天完全康復，回到工作崗位上了。我向那位眼神有點不善的監視員——不對，應該說是招牌女郎——微微點頭招呼，隨後轉彎走進了小巷裡。

明明只是從一條直路上轉個彎而已，氣氛卻完全不同，感覺就像是不小心誤闖了另一個世界一樣。木頭圍牆矗立在道路兩旁，腳下則是鋪設得一絲不苟的石版路。繼續沿著這條有點高低起伏的道路往深處走去，總算看到了那扇木門。我像平常一樣打開木門，一棟看起來年代悠久、正對著道路的兩層樓木造建築就出現在眼前。

一樓的瓦片屋頂上放著一塊木製招牌，據說上面寫的是「加納裱褙店」。由於字體是書法中常見的那種扭來扭去的草書，我完全看不懂，不過既然這裡的店長是這麼說，應該就是這樣吧。

平常敞開的店門前都會掛著門簾，可是今天卻沒有。會不會是因為時間太早？還沒到營業時間之類的……但感覺好像又沒有規定營業時間。我一邊胡思亂想，一邊走進店裡。

鐵灰色的寬廣水泥地後方是登堂入室用的木台階，之後則是一間鋪著榻榻米的和室。平常總是有人待在這間和室裡，可是今天卻半個人也沒有。我明明是在他們指定的時間過來，卻沒有看到人，這是怎麼一回事？

「早～」

我一邊暗自詫異一邊出聲招呼，結果立刻出現一陣驚慌失措的腳步聲。隨後紙門啪的一聲猛然打開，一個穿著制服的高中女生衝了出來。

格紋短裙，配上微捲的茶色長髮，那張可愛的臉上正浮現著滿臉的笑容。她的身後跟著出現了另一個留著中等長度的黑髮，身穿相同制服的高中女生。時間雖然還早，不過她們兩人臉上都化好了無懈可擊的濃妝。

「早～啊，洸之介！」

「早～」

「早安，蓮華、揚羽。」

相對於茶色長髮的蓮華一大早就異常有精神，黑髮的揚羽則是一副睡眼惺忪的模樣，感覺實在非常符合她們的形象，害我不小心笑了出來。

「蓮華一大早就這麼精力充沛呀。」

「充沛到簡直煩人的境界了。」

「怎麼說是煩人呢，太過分啦，揚羽！」

要是現在還有其他人看到我和她們的對話，大概會覺得很不可思議吧。明明光看外表，我和她們的年紀差不了多少，可是為什麼只有我會用敬語說話，而且態度還非常有禮。

事實上，她們的實際年齡可是大了我很多歲。

不只是差了幾倍而已，我猜大概差了一位數吧。

畢竟她們不是人類。蓮華是雪女，而揚羽則是貓又。

然而加納裱褙店裡，就是聚集了一群外表上看似完美的人類，實際上卻是她們的同類。

「呃，因為收到簡訊我就過來了，不過這麼一大早的，到底要做什麼呢？」

「因為時間不早不行啊。」

在春假的清晨直接把我叫過來的始作俑者——揚羽這麼一說，蓮華立刻接著說了「拿好」，便把事先在和室裡預備好的東西塞了過來。

「那麼，就麻煩你去占位子了！」

塞到我手上的東西，是一塊稍大的塑膠墊和一張地圖。

「啊？這是用來做什麼的？」

「還能做什麼？這個時期說到需要占位子的活動，當然就是那個啊。」

「賞花啦～之前不是約好了嗎？」

彼岸期（註1）已經過去，寒冷也不再持續，氣候一口氣溫暖了起來。全國各地也紛紛透過電視發布各地櫻花開花的宣言，等到進入四月後，這附近就會瞬間櫻花滿開。

好一陣子之前，我曾經和這家店裡的朋友們約好，等到櫻花開了就要一起去賞花。櫻花花苞開始綻放的時候，我還迷迷糊糊地想著差不多可以完成當初的約定，卻沒想到會突然被她們一大早叫過來。雖然沒什麼大不了的，不過我還是希望她們能在簡訊裡多加一句說明，告訴我其實是這麼一回事。

「然後，賞花的地點在這個地方。」

揚羽指著地圖上做了記號的位置。那個地方是鄰鎮的公園，是位於我們居住的結之丘市與鄰鎮的交界——結野川河畔，雖然不是遠到去不了，但也不是能夠徒步抵達的距離。

「這裡不是鄰鎮嗎？」

這附近應該也有個公園是小有名氣的賞櫻地點。明明徒步的範圍內就有這種地方，卻不惜搭乘電車、跨越河川也要去另一個地點賞櫻，難道那裡真的這麼有名嗎？

「為什麼要特地去那裡呢？那個地方這麼有名嗎？」

「就是說嘛～」

「雖然不有名，不過最近只要說到賞花，都是去那裡喔。」

看來是有什麼特殊的理由吧？在我正準備問出腦海中浮現的問題時，揚羽繼續說了下去。

「櫻汰老家做好的便當馬上就要送來了。」

「那個便當超豪華的，你就好好期待吧！」

櫻汰，就是被託付給這家店店長照顧的天狗男孩。而且他不是普通的天狗，而是天狗之國的王子。如果是從他老家送來的東西，要說是高級品也是理所當然的。啊啊，不過當事人雖然是王子，但他的口味可能會受到人類朋友的影響，搞不好意外地貼近一般人也說不定啊。我忽然思考起這些無聊事。

這時，一個年輕男子隨著一聲「我回來了」走進店裡玄關前的水泥地。他的外貌看來大概不到二十五歲，身材高䠷，長相出奇地端正，也就是一般世人口中的帥哥。

「我買回來囉。這個時間果然只有便利商店才會營業啊。啊，早啊，洸之介。」

他一看到我，便對我親切地笑了笑。手上拎著便利商店的塑膠袋。啊啊，他今天肯定又被人任意使喚了吧。我直覺地這麼想。雖然他的外型很不錯，但一如既往是個會讓人不禁為他感到遺憾的人。不對，他不是人，應該說是令人遺憾的狸貓才對。

「早安，阿樹。你出去買東西嗎？」

「嗯。紙杯好像不太夠，所以我就去買了。」阿樹的視線移到我手裡的塑膠墊上，露出了有點同情的表情。「今年是洸之介負責占位子啊。」

❖註1：以春分或秋分為中心的一週期間，稱為春彼岸期與秋彼岸期，一年共十四天，日本人習慣在這段期間掃墓，追懷先人。

「是的，好像是這樣。過去一直都是阿樹負責嗎？」
「嗯。是我和兵助輪流。」
果然是這樣。順帶一提，兵助先生是少數在這家店裡出入的人類。我們拜了同一位師傅，所以他相當於我的師兄。身為人類，就表示年紀比這家店裡的其他成員都小，和我一樣立場薄弱。
「啊，對了，我們已經拜託兵助去買飲料了，我想他應該會直接過去公園喔。我們等到賞花便當送到之後就會過去了。大概會在中午之前抵達吧。」
這時，我出現一股不祥的預感。和兵助先生分頭行動，就表示能夠利用的交通工具只有電車，這麼一來就會不得不經過車站前。
「既然會經過車站前，所以要買漢堡過去嗎？」
雖然外表上完全看不出來，但這家店的店長非常喜歡垃圾食物。喜歡的程度，已經到了我可以用定期獻上漢堡來折抵學費的程度了。老實說這其實沒什麼關係，而且對我來說，這可是超低廉的價格，反而讓人想要好好感激對方。可是難得的賞花活動，就算只有今天也好，我還是希望大家能夠一起吃著比較特別的食物。有著相同想法的人似乎不只我一個，揚羽像隻貓一樣瞇起眼睛——實際上她也的確是貓沒錯——然後回答：
「關於那個，我們也希望能避免就盡量避免。」
「因為啊～難得有人要送超級豪華的便當過來，吃那個會破壞氣氛的啦～」

「這次就請她先忍耐一下。我們的目標是用盡一切方法不讓她接近速食店。」

「請務必這麼做！」

我稍微加重了語氣這麼一說——

「嗯，我們會加油的！所以洸之介也要努力占個好位置喔！」

蓮華用力握了我的手一下。那雙冰到不能再冰的手，害我差點鬆手把塑膠墊丟在地上，不過我還是咬緊牙關忍住了。

在年紀大我數倍之多的人生前輩的命令下，我抱著塑膠墊坐上電車，搭乘了十分鐘。一走出鄰鎮郊區最偏僻的小小車站，反射著春季柔和陽光的粼粼河面立刻映入眼簾。沿著河岸鋪設而成的人行步道旁，等距離地種了櫻花樹，而且每一棵樹上的櫻花都已盛開。爭相怒放的淡淡粉紅色花海綿延不絕，是一條相當壯觀的櫻花長廊。

以賞花的時間來說，現在可能還太早了點。路上雖然可以看到慢跑或是遛狗的當地人，但是卻不見任何一個像我一樣顯而易見的賞花客。

被人叫來占位子的菜鳥員工，大概就是這種感覺吧。哎，畢竟那家店裡的所有成員當中，輩分最小的就是我，所以這也沒辦法。就努力當個打雜的，把所有的打雜工作都辦好吧。

我把賞花的興致先挪到一旁，在櫻花長廊中不斷前進。

她們指定的這座河濱公園旁邊併設了一座運動場，占地相當寬廣。其中有個種滿了櫻花的地方，地形像是小山丘一般微微隆起，上面有著歪歪扭扭的緩坡道和階梯。

要選哪個地方比較好呢？難得出來賞花，還是選個視野遼闊的地方比較好吧。這麼一想，我便毫不猶豫地走上階梯。途中到處可見用來占位子的塑膠墊，我心中暗想這麼一大早還真是辛苦，同時，也因為有人跟我境遇相同而感到些許安心。

我一邊側眼望著那些人一邊走著，不久之後，眼前出現一棵樹幹極粗、特別壯觀的櫻花樹。剛好周圍沒有人，就選定在那棵樹下吧！我只看了一眼就決定好了。

我在樹旁攤開塑膠墊，然後背靠著樹幹，坐在塑膠墊上，眼下是一片如雲海般壯闊的櫻花。嗯，視野不錯，之後只要等大家抵達就行了。話雖如此，不過到底要等幾個小時呢？

我抬頭看著頭頂上盛開的櫻花。看著看著，不時會出現幾片小小的花瓣輕飄飄地落下。這美麗的花朵，盛開的時期極為短暫。相信轉眼之間，花瓣就會全部落地，然後長出整片翠綠的樹葉吧。等到變成那個樣子，就是五月即將到來的時候。也就是說——

（我開始出入加納裱褙店，也快經過一年了呢。）

大概在一年前，生前身為畫家的老爸所留下的畫，引發了許多不可思議的現象，讓我困擾不已。就在那個時候，我偶然在學校裡聽說了某個在暗中流傳的謠言。

綾櫛小巷裡，有個統率各方妖怪和幽靈、對人類極為喜愛的大妖怪。如果有任何和幽靈相關的煩惱，只要提出委託，那個大妖怪就會幫忙解決。

我在半信半疑之下前往綾櫛小巷，結果竟然意外地發現謠言有一半是真的。

傳說中的大妖怪的真面目，是隻活了超過五百年的妖狐。至於和謠言不一樣的地方，在於她並沒有統率妖怪，也不會幫忙制裁那些製造麻煩的幽靈，而是一個悄悄經營著店舖——經營這家加納裱褙店的裱褙師。

所謂裱褙師，就是為掛軸、屏風、紙門和隔板等物品進行加工的人，而她的手藝之高明，更是被人尊稱為「傳說中的裱褙師」。當然，這個稱呼有部分是用來稱讚她的裱褙技巧，不過她同時也是裱褙師當中少數擅長檯面下工作的大師。

所謂檯面下的工作，指的是透過裱褙，將人類深深融入畫中的思念封住。

老爸那些讓我頭痛不已的畫，也是因為融入了老爸的思念，才會引發各種神祕現象。將畫裱褙之後，我的問題也獲得解決——解決是解決了，但是引發問題的畫作，是五幅畫當中的其中一幅，至於其他幅畫，我希望能夠趁此機會一起裱褙。總之，我是為了幫老爸的畫作裱褙，才請她收我當徒弟。

就在不久之前，另外四幅掛軸終於順利完工，現在正輪流掛在我家的和室裡。雖然我學到了一套製作掛軸的方法，但還是有許多我完全不懂的技術，而且短短一年時間，能學到的東西實在微乎其微。畢竟這可是個玄之又玄、全憑經驗發聲的世界。

如此這般，儘管我最原始的目的已經達成，但現在還是會定期來到師傅身邊學習。

我一直呆望著頭頂上的櫻花屋頂，可能是氣溫升高的關係吧，腦袋變得昏昏沉沉。啊啊，實在不太妙。就在我差點打起瞌睡的時候，突然有人喊了一聲「洸之介！」讓我瞬間清醒。

我朝著聲音的來源看去，一個體格壯碩的年輕男人正抬頭看著山丘上的我。他的眼神非常銳利，如果是初次見面的人，可能會以為對方正在瞪視自己而嚇到腿軟也說不定，不過這對他來說只是最普通的行為罷了。這個外表恐怖的男人，是一名裱褙師，同時也是我的師兄。

「來幫忙搬這個！」

他的腳邊放著裝有寶特瓶飲料的塑膠袋，還有保冷袋。我一跑過去，就看到兵助先生一邊用手背擦汗一邊眺望著巨大的櫻花樹，低聲說道：

「你還真是選了一個很高的地方啊。」

「因為我覺得選個視野好一點的地方比較好。」

「嗯，如果是這裡，相信那些傢伙應該就不會有怨言了吧。」

「他們曾經抱怨過嗎？」

「去年就有啊。不過對象不是我，是阿樹。因為他選了一個人來人往、靜不下來的地方。」

我從兵助先生那裡接過保冷袋，準備拿起來。但是出乎意料的重量，讓我忍不住喊了一聲「好重！」，結果兵助先生馬上露出了幸災樂禍的表情，對我笑了一下。

「因為裡面裝滿了蓮華要用的冰塊啊。」

「咦？那個袋子裡裝的全部都是果汁呢。沒有酒嗎？」

在加納裱褙店出入的成員們，除了櫻汰之外，所有人的年紀都可輕易超過二十歲。我原本以為他們今天一定會大喝特喝，可是卻沒看到任何像酒的東西。

「保冷袋裡放了一點。不過我今天要開車，結束之後又還有工作。揚羽和蓮華雖然能喝，但她們的外表是不折不扣的未成年人啊。要是被人發現，不就麻煩了嗎？這麼一來，能喝的人就所剩無幾了。」

「啊啊，的確沒錯。」

我明白了兵助先生只準備各種相當健康的飲料的理由，同時也了解到為什麼他今天的服裝會比平常整齊許多。他穿的不是工作服也不是甚平，雖然沒穿西裝，但終究是有領子的襯衫。

「而且你別忘了他們是什麼人，等到回去之後一定會重新大喝特喝……哈啾！」

「你感冒了嗎？」

「不，是花粉症啦。今年實在太忙，沒時間上醫院拿藥。」

仔細一看，他的眼睛的確是一片通紅。看來他的症狀主要出現在眼睛上，而不是鼻子。

「我記得兵助先生應該是在做展覽的準備吧？」

今年夏天，兵助先生要和其他年輕裱褙師同行，一起在附近的市立博物館內舉辦原創裱褙的展覽。據說這個計畫是因為兵助先生透過工作關係，認識了博物館的館員，所以才得以實現。展示空間雖然不大，但是基於計畫已經定案，所以他一直忙著準備工作。

「真的一眨眼就變成四月了呢。你接下來是升上幾年級？」

「三年級。」

「這麼說來，就是考生囉？」

今年春天，我即將升上高中的最高年級。

不論是哭是笑，今年都是高中生涯的最後一年。不過，不知道是不是因為還沒開學，我一點真實感也沒有。連我自己都忍不住覺得這麼悠哉真的好嗎？

「只不過我現在還沒有什麼自覺，也不覺得焦慮就是了。倒是母親好像已經看出這一點，前陣子問我要不要直接去補習。」

「嗯。所以你要去嗎？」

「我想去了應該不會有什麼損失。」

「畢竟沒有比會念書更好的事情了嘛。去了也好吧？」

兵助先生從塑膠袋裡拿出瓶裝綠茶，朝我扔了過來。我滿懷感激地接住，張口喝了起來。

「兵助先生在我這個年紀時，就下定決心成為裱褙師繼承家業了嗎？」

兵助先生的老家佐伯家，從江戶時代開始就一直從事著裱褙師工作，而兵助先生則是和他目前仍然活躍於第一線的父親一起開店。也就是說，他從出生那一刻起，就幾乎已經確定了將來的職業。難道不會對此產生抗拒嗎？

「差不多吧。不過在那之前可是煩惱了好一段時間啊。我和老爸也吵過好幾次，而且我當初也一直認為明明就有更好的工作能做。」

「最後促成這個決定的原因是什麼？」

這個問題沒有任何特殊用意，只是隨口問出的問題。但是出乎意料的是，兵助先生露出了筆墨難以形容的複雜表情，沉默不語。儘管他的眉間出現皺紋，嘴巴也抿成了一條線，不過卻沒有不高興的感覺。反而更像是在強忍著某件事，硬是裝出嚴肅表情的樣子。

「那是……」

就在兵助先生正要開口說話時，手機響了起來。兵助先生隨即從口袋裡拿出手機。

「啊，是阿樹啊……怎樣？啊啊？喔～知道了。你在那裡等一下。真是的，真拿你們沒辦法——洸之介，我去接他們過來。」

「他們不是說要坐電車過來嗎？」

「一去到車站前，感覺賞花便當裡就快要追加一道漢堡了。」

「啊～」

光憑這句話，就能看出他們終究還是阻止不了。由於我也不想讓這件事情發生，所以沒有理由拖住兵助先生。

「那我先過去了。我想應該不會花太久的時間吧。」

身為曾經負責占過位子的前輩，深知無事可做有多無聊的兵助先生留下一句「我會盡快回來」表達體貼之意，隨後便英姿颯爽地走下兩旁都是櫻花樹的道路。

吹落花瓣的春風相當溫暖，從萬里無雲的天空中灑下的陽光也十分舒服。這麼一來，自己一定又會昏昏欲睡了，要是在大家抵達時睡著，多半會被他們嘲笑吧。不過，我心裡雖然這麼想，眼皮卻沒有垂下來的跡象，意識也非常清楚。不對，應該說我被某種奇妙的緊張感包圍了，就是那種背後癢癢的感覺。

（總覺得好像有人一直盯著我看。）

雖然不是很明顯，不過賞花的人逐漸增加了，鋪了塑膠墊的地方也逐漸變多。然而大家似乎都不太想費功夫爬階梯，全都止步於山丘下的平坦地區。我沒看到任何行人走上那條通往山丘頂端的單行道，也就是說，現在人在山頂上的我，背後應該沒有半個人。

可是，我的背後明顯有東西。

我緩緩回頭，眼前只看得見粗壯的櫻花樹幹，以及位於後方的櫻花樹，並不見人影。是某種動物嗎？會在這種地方出沒的動物有哪些呢？是鳥或松鼠嗎？總不可能是狐狸或狸貓吧。這裡是人工打造的公園，晚上還有可能，但是應該不會有野生動物選在這種人來人往的白天現身吧。

因為實在令人在意，於是我裝出正在翻找塑膠袋的模樣，偷偷側眼看向後方。

斜後方一棵稍微有點距離的櫻花樹背後，隱約出現了一團蓬鬆的茶栗色頭髮，而且是在相當低的位置。我猜應該是個嬌小的女孩吧。可是為什麼要躲在那種地方呢？

我繼續假裝忙著手上的事，那團茶栗色頭髮開始緩緩移動，最後終於露出臉來。果然是個小女孩。年紀應該和櫻汰一樣或是稍大，大概是小學高年級吧。身上穿著充滿春天氣息的粉色系針織衫和裙子。又大又圓的眼睛，正骨溜溜地張望著四周，簡直就像是警戒心強的野生動物。

但是話又說回來，她到底在做什麼？當我邊想邊觀察著她的時候，視線不小心對個正著。

結果她的大眼睛立刻睜得更大——

「噫噫噫！」

小女孩發出一聲小小的慘叫，再次躲到樹幹後面去了。

我有做出任何使得她這麼害怕的事情嗎？應該只有四目相交而已吧。難道我的臉真的有這麼恐怖？我覺得自己受到一點打擊。不對，是相當大的打擊。

不過，小女孩雖然嚇成那樣，卻沒有立刻逃離現場。是因為她不能離開那裡嗎？像是跟別人相約見面之類的。話說她是什麼時候過來的？該不會是在我來之前就一直待在那裡了吧？

當我心情有點低落地想東想西的時候，背後又開始感受到強烈的視線。

看來她偷看的地方不是別處，正是我的一舉一動。

（怎麼回事？她到底想要幹什麼啊！）

我不知道小女孩的目的是什麼，半點頭緒也沒有。

只要我一回頭，小女孩就會躲起來。等我看向前方，背後又會感受到視線。這莫名其妙的攻防戰意外地持續了很長一段時間。

可是一旦反覆重複相同的事情，人類這種生物是會膩的。雖然很在意她的真面目，但是她畢竟無害，於是我在心中暗自決定還是別去理她。就在這個時候，我看到一個小小的人影以驚人之勢衝上階梯。人影漸漸變大，最後來到我所在的地方。

「讓你久等啦，洸之介。」

櫻汰的呼吸完全沒有變急促，對著我咧嘴一笑。雖然他今年春天才要升上小學五年級，不過從他身上散發出來的氣質卻意外地成熟，還帶著奇妙的氣勢，有時甚至會被他震懾住。

「這地方很不錯嘛。」

「是特等席啊！把這件事情交給洸之介處理而不是阿樹，果然是正確的！」

隨後揚羽、蓮華也都接連抵達。揚羽的模樣還是跟先前在店裡看到的沒兩樣，但是蓮華卻不知道為什麼穿上了一件外套。身為雪女的她非常怕熱，明明冬天時也會穿著讓人一看就覺得冷的單薄衣物啊。

「蓮華，真是難得呢，妳竟然會穿著外套。」

「嘿嘿嘿……這是我的祕密武器啊！」

蓮華臉上露出了古怪的笑容，她伸手解開外套的扣子，然後再一臉得意地大喊一聲「登愣～」拉開外套。外套裡，塞滿了大量的保冷劑。

「你看～每到這個時期總是熱得半死嘛。不過只要有這件外套，就不會有問題了！」

「蓮華，從後面看妳的動作，就跟變態一模一樣喔。」

揚羽彷彿看不下去似地冷靜無比地吐嘈起來。此時手中抱著大量物品的兵助先生對著她們扯開嗓門大喊。

「喂，妳們兩個！至少幫忙拿一點東西嘛！」

「什麼啊，你想叫女孩子搬東西？」

「就是說啊～就是說啊～！讓我拿可是會結凍的喔！」

「那可就不太好了。」

難得的賞花便當，要是因此變成了冷凍食品實在不太妙，所以輩分最小的我連忙代替她們衝到兵助先生旁邊，幫忙拿東西。

就在這個時候，我看到手上抱著比兵助先生更多東西的阿樹緩緩走了上來。阿樹不時重複著回過頭去、停下腳步的動作。那不是因為東西太重正在休息，而是正在擔心跟在自己後面的人。

阿樹一看到我，立刻露出笑容，然後對著跟在後面的人喊道：「還差一點就要到了！」

他的視線前方，出現一位彷彿從畫中走出來似的黑髮和風美人。身上穿著水藍色的和服，腰上緊緊繫著繡有櫻花圖案的粉紅色腰帶。年紀大概在二十歲上下，看起來幾乎跟我差不多大。不過她正是活了超過五百年的妖狐，加納裱褙店的店長，同時也是我的師傅，加納環小姐。

雖然她的外表相當年輕，不過畢竟活了五個世紀之久，她平常總是泰然自若，臉上帶著平靜的笑容，非常成熟穩重——原本應該是這樣，可是她今天的模樣卻有些許的不同。看起來有點不滿、不高興，不過最正確的形容詞應該是正在鬧彆扭吧。

由於現場所有人都知道她變成這樣的原因，所以大家都刻意避開了那一點，帶她在塑膠墊上坐了下來。分配好紙杯和免洗筷後，櫻汰便動手打開了賞花便當的蓋子。看似高級的漆器三層便當盒裡，塞滿了各種看來相當高級的料理。從櫻汰老家送來的東西就是這個嗎？我之所以會忍不住喊出「好厲害！好像很貴」這種俗不可耐的感想，大概因為我是個典型的庶民吧。

「一點也不貴喔。因為這是五十嵐親手做的啊。」

「咦？這些東西嗎？」

說到五十嵐先生，他是櫻汰父親的部下，同時也是負責照顧櫻汰的人，是位天狗老紳士。我一直覺得他是個萬事通，但沒想到竟然厲害到這種地步。這可是高級料亭的懷石料理等級啊。

「我還是第一次看到這麼完美的手製便當。」

「對啊，其他能夠做出這種高水準菜色的人，大概就只有喬治了吧～」
蓮華說出了相當令人意外的事情。
「喬治先生擅長做料理嗎？」
「與其說是擅長，應該說那傢伙的手根本就是異常地巧。」
「啊啊。這麼說來，喬治先生今天不會來，對吧？」
「他上個月翹掉了工作不是嗎？實際上他似乎未先告知店裡的人就沒去上班，所以懲罰就是連續三個月不給休假～」
「咦？那麼搬家那件事情怎麼樣了？」
「還沒搬喔。因為他要花非常多的時間去決定搬家地點啊。」
「他的條件很多，實在有夠任性呢！」蓮華邊說邊咯咯笑著。
喬治先生是他們的同伴，是個河童。明明是個河童，卻從事美髮師這個行業。不對，應該說正因為他是河童。畢竟他為了藏住頭頂上的盤子才會研究髮型設計，最後當上了美髮師。
坐在蓮華旁邊的兵助先生，開始俐落地遞出飲料。
「店裡的人也知道那傢伙的翹班癖好，所以早就習慣了。拿去，蓮華。這是特別幫妳準備的幾乎結冰的果汁。」
「太好啦～！那冰淇淋呢？沒有嗎？」

「怎麼可能會有那種東西啊。」

揚羽毫不留情地對著沮喪不已的蓮華這麼說道。

「如果有冰淇淋的話，我也想吃。」

「櫻汰，等回家的路上再到便利商店買吧。啊，環小姐，請用。」

阿樹邊說邊拿起酒瓶，朝著環小姐的杯子倒酒。這段期間，環小姐始終沒有說話。

「那麼，乾杯！」

等到所有人都拿到飲料之後，大家立刻一起舉杯乾杯，然後就像平常一樣吵吵鬧鬧地開始賞花。可是環小姐的心情卻一直沒有好轉起來，她只一點一點地啜飲著別人倒給她的酒，雖然有吃一些阿樹幫忙分裝的料理，但是臉上始終帶著鬧彆扭的表情，什麼話也不說。那麼，現在該怎麼辦呢？正當大家開始互使眼色的時候，不情不願地咬著日式煎蛋的環小姐輕聲說道。

「……我明明……這麼想吃漢堡的……」

眼前明明堆滿了沒什麼機會看得到的豪華料理，為什麼她還是覺得平常吃的垃圾食物比較好呢？難道環小姐已經吃慣這類料理了嗎？因為舌頭早就被養得十分挑剔，所以才會覺得庶民的食物相當稀奇之類的？

「漢堡也等到回家的路上再買吧。」

「算了，沒差。不過話說回來——」

環小姐抬起了頭，不知為何一直凝視著我。被她那如箭一般的視線注視，我的心臟忍不住加速跳了起來。我有做了什麼嗎？我捫心自問，但是什麼也想不出來。

「妳想在那裡躲到什麼時候？小杏。」

環小姐平靜卻異常清晰的聲音傳了過來。所有人不約而同地轉頭看向我的背後，我也立刻回過頭去，結果看到那個小女孩從櫻花樹後面探出頭來。

「啊，是剛剛的人。」

「什麼？洸之介，你認識小杏嗎？」

揚羽大吃一驚地瞪大了眼睛。然而這種事情當然是不可能，所以我搖了搖頭。

「不，只是她在大家抵達之前一直盯著這裡看而已。」

「喔，你有看到臉嗎？」

「看到了一點點。」

「初次見面就能看到一點點，已經很厲害了！」

蓮華滿心佩服地這麼說，但是我完全不知道到底哪裡厲害。

「小杏，別躲在那裡了，過來這邊吧。」

當環小姐這麼出聲招呼，被稱為小杏的女孩用力做了一個深呼吸，露出下定決心般的表情走了過來。我才剛出現這個想法，她馬上就躲到了環小姐的身後。

揚羽無奈地嘆出一口氣。

「她還是一樣怕生啊。」

「這應該不只是一般怕生的等級吧？硬要說的話，已經是如同野生動物般的等級才對。」

「洸之介，不管對象是誰，小杏一開始都是那個樣子。她花了幾年的時間才習慣我，至於兵助，她剛開始可是哭著逃跑了呢。」

阿樹如此加以說明。「你多說了一句沒意義的話！」兵助先生從旁叫了起來。

「嗯。她對我一開始也是這種感覺，花了一個星期才習慣我吧。大概兩個月之後，我們的眼睛才好不容易能夠對上。」

「咦？櫻汰只花了這點時間嗎？我可是花了整整一年啊。」

「……我花了五年……」

兩個老大不小的男人同時表示驚訝，然後同時沮喪起來。

話說，只不過是習慣而已，到底要花多少時間啊？

「我有事先告訴她洸之介今天會過來——小杏，來打聲招呼。」

環小姐用比較強硬的口氣這麼一說，小女孩才畏畏縮縮地走到前面來。然而她的手一直握著環小姐的和服下襬，臉也一直看著地面。

「午、午安。初次見面，我叫做杏。」她一鞠躬後又說：「我從好幾十年前開始接受環小姐的照顧……呃、呃……喜歡的電器產品是碎紙機。」

為什麼要在自我介紹裡說出自己喜歡的電器產品？如果是喜歡的食物之類的倒還可以理解。不對，在介意這點之前，她喜歡的那個東西實在有點怪怪的。

「碎紙機……」

「因、因為那是我理想中的切割方式。」

當我下意識地說出這句話，她立刻回應了完全摸不著頭緒的答覆。再加上她好像完全沒注意到我心中的疑惑，又補上一句「另外我也喜歡食物處理機」。

「洸之介，小杏她是鐮鼬。」

率先察覺我的疑惑的揚羽一邊苦笑一邊這麼對我說。

鐮鼬就是那個吧？坐在旋風上切割人體的可怕妖怪。眼前的這個小女孩就是鐮鼬嗎？這個只要看到人就會逃跑的小女孩會是鐮鼬？實在有點不敢相信啊。不過也有人說越乖巧的小孩其實越恐怖就是了。

「那個，杏小姐。」

「啊，叫我小杏就可以了。」

「呃，我叫小幡洸之介。是環小姐的徒弟，今年春天要升上高中三年級。雖然不知道這算不算是我喜歡的電器產品，不過我家的洗衣機很舊了，想要換一台洗衣機。」

我實在不知道該說什麼才好，而腦中又剛好浮現家裡快要故障的洗衣機，總之便試著說說看。結果小杏輕聲重複了一次「洗衣機」，隨後稍微抬起了始終面向地面的臉。

「那個，請問你想要的洗衣機是直立式的？還是滾筒式的呢？」

「呃，應該是滾筒式的吧。」

「那麼，先量好裝設位置的寬度後再去買比較好。另外地板的硬度也很重要，因為滾筒式洗衣機非常重。而且還要預留開門的空間，所以位置太小是不行的，雖然它非常省能源就是了。」

小杏突然滔滔不絕地說出洗衣機的詳細說明，讓人幾乎懷疑她是不是變了一個人。而我根本跟不上她的速度，只能不斷點頭附和。

「小杏她啊，是個電器宅。因為她懂很多，所以想買什麼電器都可以和她商量喔～像環小姐家裡那台我專用的冷凍櫃，也是和小杏討論之後才決定買哪台的。」

「我覺得那個真的很適合蓮華姐。」

「嗯。超方便的唷～」

「而且電費也很便宜。接下來，我覺得要處理一下環小姐店裡的那台黑色電話比較好。」

話鋒在此突然一轉，從洗衣機的話題變成了最新型電話的話題。這段期間內，阿樹遞了一個杯子給小杏，而櫻汰則在她的杯子裡倒進果汁。雖然小杏還沒有完全化解緊張，不過她似乎有點習慣和我處在同一個空間了。不過別說是四目相交，就連臉我也沒辦法好好看到就是了。

「話說回來，小杏，妳要說的事情是什麼？」

當話題即將轉移到最新型號手機的鏡頭畫素前，環小姐只用一句話便擋了下來。小杏放下杯子，重新轉身面向環小姐，然後開口說她其實有事想找環小姐商量。

「有位經營一間中小型工廠的小野寺先生，他家就在這座公園附近。那間工廠專門製作精密器材的零件，現在雖然已經大不如前，不過以前的規模相當龐大，特別是在初代社長時期，過得非常富裕。初代社長的興趣是蒐集繪畫、骨董和古代美術品，至今家裡仍留有大量的收藏品。」

拿美術品相關的問題詢問裱褙師，表示這應該是工作方面的委託吧。

「然後現在的社長是第三任社長，不過那個人不久前住院了。」

「是很嚴重的病嗎？」

「不，聽說他馬上就可以出院了。問題不是這個，而是那個人在住院的這段期間，他的太太打算偷偷把那些美術品賣掉，目的好像是為了貼補家用。最近不景氣，工廠似乎經營得不是很順利，所以這其實也是無可奈何的事……但是那些美術品當中，有一幅對我來說非常重要的掛軸，而那幅掛軸說不定會被拿去賣掉……」

小杏毫不閃躲地仰望環小姐，一字一句地說道。

「環小姐，能不能幫我把那幅掛軸偷出來呢？」

這個不只是出乎預料，而是完全超乎預料之外的委託內容，讓我忍不住懷疑起自己的耳朵。

這不像是一個看似小學生的女孩會說的台詞。她剛剛到底講了什麼？偷出來？竊盜嗎？

環小姐無視於我的混亂，並極為冷靜地、正經地回答。

「……我不記得我開始從事小偷這個行業了呀。」

我也不曾聽說過環小姐開始做起這一行。不過就算真的聽說了，也好像莫名地可以接受，畢竟她可是妖狐啊。

「我只是個普通的裱褙師，我能做的就只有裱褙工作或修復而已。」

聽到環小姐認真地回答，小杏沮喪地垂下了肩膀。

「可以拜託這種事情的，就只有環小姐了……」

「就算妳這麼說，我也沒辦法呀。」

正當環小姐露出了困擾的表情，蓮華立刻精力充沛地舉起手，喊道：「我有辦法！」

「我說啊，可以試著登門推銷如何？就說我們可以修復府上的掛軸之類的。」

「一般來說不會有人這樣做的。」兵助先生皺起了臉。「這會讓人覺得你從哪裡得知我家有掛軸？只會被人懷疑，然後就沒下文了。」

「那麼就假裝登門推銷其他產品吧！」

「妳想推銷什麼東西？」

「嗯～帶來幸福的壺之類的吧。啊，乾脆說那幅掛軸上附著恐怖的幽靈，這樣就可以輕鬆拿走了～」

「現在沒有人會相信這一套手法了吧？」

「難道不會在進入家門之前就先被警察抓走嗎？」

阿樹和櫻汰接連否決，蓮華則雙手環胸，一邊念念有詞，一邊接連提出替代方案。原本大家還會不斷吐嘈這樣不行、那樣也不行，可是漸漸地，他們開始認真討論如何才能不著痕跡地入侵小野寺家了。而且提出的方法也越來越實際，例如假扮成宅配人員或是市府員工之類的，感覺有點恐怖。如果是他們的話，應該真的辦得到吧？畢竟他們平常就是完美假裝成人類生活著啊。若是用上他們鍛鍊了數十年，不對，應該是數百年的技術，這點小事應該可以輕鬆完成。

「妳明明知道小野寺家的情況，但是卻和他們不熟嗎？」

環小姐有點訝異地這麼一問，小杏立刻低下了頭，露出沮喪的表情。

「是的。我不認識現任的社長和他太太……大概吧。」

最後那句悄悄加上的「大概」是什麼意思？我有點在意起來。

「嗯哼。明明是別人家裡的事，妳倒是很清楚嘛。」

揚羽表示佩服之意，而阿樹則像是發現了某種重大事件般瞪大了眼睛。

「難道……小杏，妳該不會在別人家裡裝了竊聽器吧……」

一聽到這句低語，所有人立刻轉頭看向小杏。在眾人的目光注視下，滿臉蒼白的小杏用力搖頭，表示否定。

「不、不是的！我只是躲在外廊下聽他們說話而已！」

「不不，那也算是某種非法入侵啊。」

雖說是鐮鼬，但也是一種鼬鼠，想要偷偷闖進住宅當中應該不是件難事，但還是要分清楚有些事情能做、有些事情不能做啊。犯罪是不被允許的。我是基於這個想法才吐嘈她，但是其他人的反應卻不太一樣。

「這不算是非法入侵吧？大家都在做不是嗎？」

「而且有很多妖怪都屬於擅自進入住宅的類型呀～」

「是這樣嗎？」

「輕輕鬆鬆就能遮風避雨，而且什麼東西都不缺。所以說到住進人類住宅當中的妖怪，其實還不少喔！」

那不就是當成旅館使用了嗎？

再說，什麼是擅自進入住宅的類型？我根本沒聽過那種分類啊？而且竟然還很多，這是怎麼一回事？我家會不會也在不知不覺當中被妖怪入侵了呢？我不由得有點擔心起來，等回家之後再來仔細檢查櫥櫃之類的地方吧。啊啊，可是如果真的找到了，又會覺得不太舒服啊。

「在此之前，偷東西和假冒身分也都是犯罪吧？」

當櫻汰說出這個極為正確的意見後，小杏彷彿被那句話刺傷般，大大的眼睛開始湧出淚水。

「……可是我很擔心……因為那真的是非常重要的東西……」

小杏像是從喉嚨深處擠出聲音似地說道。看來對她來說，那幅掛軸真的非常重要。

我沒辦法放著一個快要哭出來的小女孩不管。環小姐似乎也一樣，只見她唉的一聲嘆出一口氣，然後開口。

「真沒辦法。雖然不知道我可以做些什麼，不過我會盡力試著幫忙。」

「真的嗎？」

小杏立刻滿臉笑容地抬起頭。

「啊啊，不過不可以偷東西。我們雖然不是人類，但是只要還住在人類社會中，就要遵守人類制定的法律。」

聽到環小姐的話，小杏坦率地點了點頭。這副光景看起來就像是老師和乖巧聽話的學生，讓人忍不住會心一笑，但是談話內容卻是異常到極點。

真的可以這麼輕易地接下這個委託嗎？我感到一絲不安。但是師傅心中可能已經有什麼打算也說不定。

「環小姐，這樣真的沒問題嗎？」

「哎，總會有辦法的。人家不是都說三個臭皮匠勝過一個諸葛亮嗎？我們這裡這麼多人，一定可以想出一個好辦法。」

環小姐樂觀地這麼說完，轉頭望了在場所有人一眼。難道她其實沒有任何計畫嗎？最後，她看著我微微一笑。

「而且洸之介正在放春假，現在應該很有時間嘛。」

這根本就是師傅直接下令「不准多話，給我過來幫忙」的意思吧。相較於對未來感到有點不安的我，其他成員全表現出一副幹勁十足，不對，應該是興味盎然的模樣，再次開始討論起剛剛一時中斷的「小野寺家入侵計畫」。但是這次的討論也同樣很快就中斷了，因為兵助先生退出了討論圈，一邊看錶一邊站起身來。

「啊，時間到了。那我就先走啦。」

「什麼？要去約會嗎？」

被蓮華這麼不懷好意地取笑，兵助先生立刻紅著臉反駁。

「才不是！是要去討論工作啦！」

「什麼嘛～真不有趣！」

「我說你啊，不要老是工作工作的，快去交個女朋友回來吧。」

「吵死了！不要管我！」

對著兩個女高中生大吼之後，兵助先生一個轉身，走下階梯，但是走到一半又回過頭來。

「記得趁天色還早快點回家——哈啾！」

最後他留下了一個豪邁的噴嚏，隨後離去。

「他那是花粉症嗎？」

「真是的，也太遜了吧。」

兩人不斷咯咯笑著。

不管是外表還是說話內容，兵助先生都比她們兩個成熟許多。但是不知為何，她們兩人的地位看起來就是比較高。如果要比喻的話，對，就像是兩個姊姊在取笑假裝成熟的弟弟。

「這麼說來，我們為了賞花而專程跑到鄰鎮的公園來，是有什麼特殊的原因嗎？」

說到這裡，我朝著坐在環小姐身旁的小杏看了一眼。小杏一注意到我的視線，馬上全身一震，再次迅速地躲到環小姐身後。我不以為意地——不，其實我在意得要死——繼續說下去。

「是因為要和小杏會合的關係嗎？」

「不是喔。最近這幾年一直都是在這座公園賞花。」

「有什麼特別的理由嗎？」

我問完之後，環小姐把頭歪向一邊，有點困擾似地笑了。

「理由啊……其實不在我們身上啊。」

代替環小姐回答的人，是揚羽和蓮華。

「大概是在兵助念國中的時候吧，他突然說不想在他家附近賞花。」

「沒錯沒錯，理由是因為他不想被學校同學看到他跟我們在一起的樣子，所以堅持非要去遠一點的地方不可。真的超任性的呢～」

兩人一副不可思議似地說著，不過我卻覺得莫名能夠理解兵助先生的想法。我也不想被學校同學看到我和大家在一起的時候。不過對我來說，那只是因為要說明我和他們的關係實在太麻煩了。我不知道要怎麼說，才能解釋我如何認識這些風格迥異的人。

可是兵助先生的狀況應該比我更複雜吧。畢竟他在懂事之前，就已經和他們在一起了。不論是好事、壞事，還是丟臉的事，全都被他們看光了，這麼一來當然沒辦法在他們面前抬頭。但是，只要換個地點就願意和他們一起賞花，就表示兵助先生還算是個坦率的人也說不定。不對，他也有可能是無法反抗才心不甘情不願地跟來，不能忽略這個可能性。

想到這裡，我突然有一個疑問。對我來說，大家究竟是什麼樣的人呢？環小姐當然是我的師傅，至於其他人，雖然可以互相聊天開玩笑，但是他們的年紀不知道是我的多少倍，人生經驗——雖然不是人類——也很豐富，知道的東西也比我多得多……年紀差很多的朋友或同伴，這應該是比較恰當的形容吧。

「那是為什麼？我就不覺得有什麼大不了的啊？」

「應該是青春期特有的想法吧，而且國中生尤其複雜啊。」

「是所謂的叛逆期嗎？」

「嗯～感覺好像有點不太一樣……」

阿樹雙手環胸陷入沉思，可能正在思索該如何對個性直率的櫻汰解釋吧。

「他升上高中之後就有稍微好轉了吧！」

「並沒有喔～！有一陣子還真不知道該怎麼面對他。」

「那只是因為遭受打擊，陷入低潮而已吧。」

「啊啊，是那個啊～那件事情就算變成了心理創傷，也是情有可原的～」

「今天他也是一臉陰沉地來到店裡吧？」

「櫻汰，那只是普通的宿醉而已。」

阿樹一邊苦笑一邊回答。

總覺得很像是一群親戚聚在一起的感覺。因為事不關己，所以還有辦法笑著聽他們說話，可是如果主角換成自己，我肯定會恨不得找個地洞鑽進去吧。實在有點同情兵助先生啊。

「哎，不管怎麼說，關於這次的委託，兵助應該沒有辦法提供戰力了，所以只能靠在場的各位多多努力了。」

環小姐如此宣告之後，小杏也從環小姐身後突然探出頭來，並深深一鞠躬。

「麻煩各位了。」

小野寺家所在的住宅區距離我們賞花的公園不遠，地點在該住宅區的最角落。那裡並不是近年來會把人行道和行道樹都整頓得十分完善的新興住宅區，而是穿插著許多小路、圍牆綿延的老式住宅區。小野寺家比我想像中還要更小、更舊一點，是非常普通的獨棟雙層房。房子後面有一棟大型建築物，那應該就是工廠吧。門牌旁邊掛著「小野寺製造廠」的小小招牌，或許住家也兼作辦公室使用吧。

今天的天氣和平穩晴朗的昨天不同，風勢非常強勁，種在小野寺家庭院裡的樹木正隨著風不斷搖晃。昨天才賞過的櫻花，好不容易才迎來了盛開期，如今可能全部被風吹落了。

確認了小野寺家的外觀之後，我立刻向後退了一步。雖然有點想再多觀察一下，可是我現在實在不太想和眼前這群人混在一起，做出同樣的事。

「嘿，相當普通嘛。」

「我原本以為會是什麼豪宅呢～」

「以前是棟更氣派的房子……」

「不過，那扇大門的確很有氣勢。」

揚羽、蓮華、小杏、櫻汰四人依序從電線桿後面探出身子，注視著小野寺家。我直到剛剛也在這個順序的最上頭，環小姐和阿樹則是站在我們身後。環小姐一邊看著附近電線桿上的看板，一邊恍然大悟似地說著：「嗯，倒垃圾的日子跟我們那邊不一樣呢。」她一身清爽薄荷綠搭配蝴蝶花紋的和服，和這片充滿生活感的灰色背景相當不合，感覺很奇怪。

聚集了這麼多完全不同類型的人，而且還做著詭異的舉動，這樣實在很顯眼啊。要是被這附近的居民發現，肯定會被懷疑。不過值得慶幸的是，因為戶外風勢太大，根本沒有人在外面走動，所以我們至今還沒有碰上任何一個人。不過啊，要是真的被人看到了，應該會很麻煩吧。真希望不要有人報警啊。

「總而言之，我們必須更加深入調查，確認小野寺家到底是什麼狀況。」

結束了對小野寺家的觀察之後，揚羽回過頭來這麼說道。揚羽在平常穿的制服外面披了一件春季外套，可能是因為風太大而覺得冷吧。身為貓又的她非常怕冷，至於旁邊的蓮華則是為了完全相反的理由才穿著外套。只要跟她們在一起，就會讓我漸漸搞不清楚現在是什麼季節。

「要怎麼做才好？要像昨天討論的一樣，假裝成推銷人員嗎？」

「如果真的要做，要讓誰出馬？」

櫻汰發問，而揚羽毫不遲疑地伸手一指。

「阿樹。」

「咦？我嗎？」

突如其來被點到名，讓阿樹相當困惑地眨著眼睛。

「現在應該只有小野寺太太在家吧？她是社長夫人啊、社長夫人！你只要像平常一樣騙人就行啦。你很擅長這個吧？」

「原來如此～現在是你展現詐欺師本領的時候啊！」

狸貓阿樹的工作，就是善用他的外表來進行結婚詐欺。這樣說他，感覺他好像是個窮凶極惡的大壞蛋，不過由於他與生俱來的好好先生個性使然，實際上一直無法堅持騙到底。至於他手頭上總是非常寬裕的原因，是因為那些女性們被他的天真所俘虜，因此「施捨」了許多金錢給他。

「雖說是詐欺師，不過我只有做過結婚詐欺而已。」

「要領是一樣的吧？只要假裝上門推銷東西就行了啦。」

「咦咦！可是我今天穿成這個樣子，看起來一點也不像推銷員吧！」

的確。憑他今天身上這套牛仔褲和開襟羊毛衫，一副休閒的打扮，要假扮推銷員會有難度。

「真是的，怎麼這麼沒用。」

雙手扠腰、氣惱不已的揚羽，將她那雙眼尾微微往下的下垂眼——她明明是貓又，卻不是貓眼——轉到我身上來。

「那就換洸之介去吧。」

「我沒辦法假扮推銷員啦！再說一看年紀馬上就會露餡了。」

「那就不要用登門推銷的名義，找其他理由進去嘛。」

「我只是個普通的高中生喔。這種人突然找上門來，不是很奇怪嗎？這樣的話，換成揚羽妳們過去也沒什麼差吧？」

「就是普通才好啊，因為不會留下印象。如果換成我們過去，肯定會讓對方產生警戒心。」

不只揚羽，就連蓮華也一副得意的樣子跟著挺起了胸膛。嗯～要是真的來了一個化著辣妹妝的女高中生，對方大概會覺得這是在搞什麼鬼吧。那麼把妝卸掉不就得了？我雖然這麼想，但還是把差點衝出喉嚨的話硬生生地吞了回去。

「同理，環小姐也不行。」

要是突然有個和服美女登門拜訪，的確會讓人嚇一跳。但當事人倒是一句話也沒說，只是饒有興趣地聽著我們的對話。接下這個委託的人應該是環小姐，而不是我們吧？再說這麼一群顯眼的人，怎麼可能有辦法偷偷查訪別人的家呢？

由於我們一直想不出能夠立刻決定「就是這個！」的方案，站在揚羽後面的小杏像是走投無路似地輕聲低語。

「果然只剩下偷偷潛入這個方法了……」小杏微微抬起了頭，繼續說下去。「如果只有太太一個人在家，那麼我想應該可以從工廠附近的後門偷偷溜進去，而且我也知道平面圖。」

「可是那棟房子比想像中小，被人發現的可能性很高喔。」

不同於滿臉擔心的阿樹，小杏莫名地充滿自信，緊握著小小的拳頭說道。

「沒問題的。如果真的碰上緊急狀況，我會立刻把東西一刀兩斷，然後從那裡逃走。」

她打算把什麼東西一刀兩斷啊？門嗎？還是牆壁？因為這個不管怎麼看都相當弱小的外貌，以及有點畏畏縮縮的舉動總是讓人差點忘記這件事，不過我現在再次認知到這個女孩是鐮鼬。這時，出面阻止了個性相當衝動、人不可貌相的小杏，並統整了整個混亂不堪的局面的人，是始終默默聽著我們說話的天狗王子殿下。

「既然如此就由我去吧。像我這種普通的小學生，相信一定不會讓對方有戒心吧？」

「可是你要怎麼做？」

「環，妳的手帕借我，之後再還妳。」

環小姐從袖子裡拿出一條雪白而質料單薄的手帕，交給了櫻汰。櫻汰接過之後，又接著把東西遞給阿樹。

「幫我把這條手帕扔到庭院裡。只要跟對方說我是來找被風吹跑的手帕，就能光明正大地進去了吧？像今天這種強風，這個理由並不會不自然。」

確實如此。今天的風勢之大，確實有可能將洗好曬在外面的衣物吹跑。此外又是由櫻汰這樣的小孩前去尋找，相信對方一定不會起疑。

「原來如此。」

「櫻汰腦筋真好～」

阿樹朝著小野寺家的方向扔出手帕。手帕輕而易舉地乘著風勢，最後輕飄飄地落在庭院中間。確認手帕落在庭院後，櫻汰立刻丟下一句「那我去去就回來」便跑了出去，隨後人就像是被吸進了小野寺家的大門裡。

由於大概知道手帕掉在哪個方向，而且只是過去撿起來而已，櫻汰應該馬上就會回來才對。總之這次的行動目的就是簡單查訪一下小野寺家的狀況。可是出乎意料的是，手錶指針都走了十五分鐘、二十分鐘，我漸漸擔心裡面是不是發生了什麼事。

「已經過了二十五分鐘，馬上就要三十分鐘了喔。」阿樹一邊看著手錶，一邊出言提醒。

「是不是太慢了點？」

「只不過是進去拿條手帕而已呀～」

「真奇怪。」

除了蹲在地上的揚羽和蓮華，就連點頭同意她們意見的小杏也是一臉嚴肅。雖然那個穩重可靠的櫻汰絕不可能出什麼意外，可是從大家臉上的陰霾程度來看，現在這是有點異常的情況。

「有點太久了吧？」

因為連環小姐都訝異地皺起眉頭來，不安的巨浪立刻襲來。

「我去看看情況。只要說是擔心櫻汰所以過去找他，應該就不會被懷疑了。」

立刻採取行動是好事，可是如果小野寺太太詢問我和櫻汰之間的關係，那我該怎麼回答才好呢？說是朋友，年紀可能相差太多；說是兄弟，也有一點難度。哎，算了，船到橋頭自然直。我做好覺悟，走進了小野寺家的大門。

當我正打算按下玄關前的電鈴時，耳中突然聽到庭院傳來了人的笑聲。儘管覺得不經屋主同意直接走進去是件相當失禮的事，不過這陣笑聲當中混雜著熟悉的聲音，所以我毫不猶豫地朝著聲音的來源走去。

不同於圍牆外面給人的印象，庭院其實意外地寬敞。我一邊避開樹木一邊前進，隨後就在外廊看到了兩個人影。一個是櫻汰，他身旁應該是一位年紀超過五十歲的阿姨，我想她就是小野寺社長的夫人吧。

「哎呀，那是真的嗎？」

「嗯。而且校長不知道打蠟的地方還沒乾透，結果就在那裡滑倒了！」

看來櫻汰之所以一直沒有回來，是因為和小野寺太太聊得太開心的緣故。不僅如此，兩人中間甚至還放著茶杯和點心，似乎悠哉到可以邊喝茶邊聊天了。可見我們的擔心全都是多餘的。

「櫻汰！」我一叫他的名字，櫻汰馬上回頭，對我微笑。

「啊，洸之介！」

櫻汰一溜煙地跳下了外廊，朝著我跑來。

「因為我有點擔心你一直沒有回來，所以就過來接你了。」

「是嗎？我啊，剛剛一直在這邊跟阿姨講話喔！」

櫻汰悄悄藏起了平日的威嚴，徹底變身成為年齡相符的小孩。既然如此，我也必須做出監護人的舉動才行。

「不好意思，打擾您了。」

我低頭行禮，小野寺太太隨即笑著說道。

「沒關係的。因為是我要他留下來的。」

與其說是社長夫人，小野寺太太其實更像是商店街裡喜歡照顧人的老闆娘。可能是因為她那輕鬆自在的口氣，以及表裡一致的親切笑容使然吧。她穿著有點破舊的圍裙，模樣看起來就像是個一般的家庭主婦。唯一比較不一般的地方，就是她的圍裙下襬又黑又髒。會不會是在大掃除呢？我順勢朝旁邊望去，看見一塊大型木板正靠在外廊上。仔細一看，才發現那不是普通的木板，而是一塊老舊的店舖招牌，上面寫著「小野寺電器」。雖然有點在意這塊招牌是從什麼時候開始使用，但是突然問出這種問題實在太不自然，於是我放棄發問。

「還讓您招待了茶，真是不好意思。櫻汰，要好好跟人家道謝喔。」

「阿姨，謝謝妳的茶！」

「再見啦，櫻汰。聊得真開心，有機會再來玩啊。」

「嗯。拜拜，阿姨！再見！」

櫻汰臉上帶著天真少年的燦爛笑容，左右揮了揮手之後，我們便一起離開了小野寺家。

才剛踏出大門，櫻汰周遭的空氣陡然一變。兒童天真無邪的笑容消失，表情瞬間緊繃起來。

「怎麼樣？櫻汰。」

「嗯。我問出很多東西喔，進行得很順利。」

櫻汰得意洋洋地咧嘴笑了。那位太太肯定連想都沒想過，竟然會有小學生跑來探聽自己家裡的狀況吧。說不定櫻汰比阿樹還更有騙人的才能，而且演技也非常高明。這麼一來，櫻汰將來可能會變成不得了的詐欺師也說不定。不過我猜環小姐和五十嵐先生應該會在事情發展到這個地步之前就阻止他了。

我和櫻汰一起回到大家的身邊，不過因為直接在原地討論實在太引人注目，於是一行人開始朝著車站前進。而櫻汰就在途中說出了他在小野寺家中打聽到的事情。

「小野寺太太剛剛正在整理一直收藏在自家儲藏室當中的骨董品。她說弄得全身都是灰塵，相當辛苦。」

難怪她的圍裙會髒成那樣啊。我自顧自地意會過來。

「她先生好像會在下個星期出院回家。到時候一定又會說這個要留、那個要留，所以她打算在那之前先把東西賣掉。」

「嗯哼，可以這樣背著老公賣掉東西嗎？」

揚羽皺著眉頭，說出了合理的言論。

「小野寺太太似乎對那些古老的美術作品一點興趣也沒有，只把那些東西當成占據家中空間的雜物。而且，如果現況繼續發展下去，他們的工廠可能會倒閉。她說事情有輕重緩急，相信丈夫一定可以理解的。」

在極短時間之內，竟然可以從不認識的人口中打聽出這麼多情報，真是令人畏懼的人心掌控技巧啊。

「他們工廠的處境已經這麼危險了嗎？」

「不，比起這個，小野寺先生的問題好像比較大。除了工作進行得不順利，加上生病搞壞了身體，他好像就此一蹶不振了。不久之前還說『要把工廠收起來』，這一陣子也一直在說喪氣話。小野寺太太說會不會是因為丈夫一直很健康，結果卻突然生病，才讓他感到不安吧。」

我轉頭看向一直站在環小姐身旁默默聽著櫻汰說話的小杏。小杏並沒有注意到我的視線，微微低著頭，露出隨時都有可能哭出來似的表情。我有種感覺，那個表情與其說是為了掛軸，其實更像是在擔心小野寺家。當初沒有過問她為什麼重要的掛軸會在小野寺家，對小杏來說，小野寺家和她到底有什麼關係呢？又是有著什麼樣的意義呢？

「櫻汰，你有在小野寺家看到掛軸嗎？」

「沒有，雖然有從外廊看到房屋內部，但是沒有看見掛軸。倒是有一些器皿和壺，還有一塊看起來像是老招牌的東西。」

「啊啊，你是說那塊木頭招牌吧？上面寫著『小野寺電器』的那個。」

我想起了那塊放在庭院裡的老舊招牌。

「……那應該是初代社長創立公司時的第一塊招牌吧。原來還留著啊……」

小杏一臉懷念地瞇起了眼睛。這時，環小姐心念一動，問了小杏一個問題。

「妳說不認識現任社長，不過妳和初代社長認識嗎？」

「是的。我們是朋友，是非常重要的朋友。」

小杏以至今最為清晰明瞭——比聊到她最喜歡的電器產品時還要更加堅定，彷彿在確認自己說出的字句般回答。

「我第一次見到初代社長，是在這條街上首度測試電燈點燈的時候。我們就在那盞電燈下見到面了。那是我第一次看到電燈的燈光，真的非常明亮，以往的蠟燭火光或油燈根本無法相比，亮得讓我嚇一大跳。我的同伴們都覺得若是連晚上也變亮起來，就會失去躲藏的地方而無法威脅到人類，因此感到相當厭惡。可是我卻非常開心，感覺有某種新事物即將開始，時代即將出現變化，一定會發生某些大事而感到興奮不已。」

「那大概是什麼時代的事？」

櫻汰興致勃勃地這麼問，小杏回答應該是明治時代快要結束的時候吧。

被電燈的燦爛燈光奪走目光的小杏，就這樣一直維持著人形緊盯著電燈看。這時，她發現另一個和她一樣，眼中閃閃發亮地望著電燈的人，那個人正是少年時期的小野寺先生。同樣發現小杏的小野寺先生主動開口搭話，從此意氣相投的兩人就這麼成為了朋友。如果是平常的小杏，這種事情根本不可能發生，被人發現的那一刻應該就會試圖逃跑才對。但是當時她非但沒有逃跑，甚至還跟對方聊了起來，應該是因為當時的情緒有點太過亢奮的關係吧。雖然小杏描述的對象是自己，但她卻極其冷靜地分析。

「明明和同伴都沒有辦法好好講話……一時衝動真的是很厲害的一件事呢。」

小杏有點害羞似地邊傻笑邊搔了搔鼻頭。

後來，小野寺先生走遍了各大公司，學會了製作技術以及經營技巧，然後再回到故鄉建立自己的公司。

「剛開始製造的東西是電燈器材，公司員工只有他和他的家人而已，是間非常小的公司。所以大家都可以提議下次要製作什麼，非常地自由。我雖然只能用這副模樣待在檯面下，卻也曾經幫忙他們一起工作過喔。別看我這樣，我也算是員工之一呢。」

「所以妳才會對電器產品這麼熟悉啊。」

看到小杏微微挺起了胸膛，櫻汰像是相當佩服似地點了點頭。剛剛的那番話，終於解釋了身

為鐮鼬的小杏為何會對電器產品如此熟悉。

「那幅掛軸，是小野寺先生最重視的收藏，那是他年輕的時候，在創立公司之前買回來的畫。他說別的東西無所謂，唯獨這幅掛軸絕對不能賣，一定要留在手邊……所以，我也希望它不要被賣掉……」

與其坐視畫軸賣給別人，還不如事先把東西偷出來。

小杏應該就是抱定這個主意，才會拜託環小姐幫忙吧。

「小杏，那幅掛軸畫的是什麼？」

「是達摩的畫。剛買下來的時候，完全沒有加工任何裱框，一直等到公司穩定下來，開始有盈餘之後，才把它加工成掛軸的。」

說到達磨，就是那個紅色的達磨不倒翁吧？在選舉之類的時候經常看到，用來祈求必勝的吉祥物。拿那種東西當成作畫題材實在有點不可思議，但是環小姐並沒有針對這一點多做說明。可能只是我不知道吧，那說不定是相當通俗的題材。

「作者是？」

「不知道。就我所知，上面沒有任何署名之類的東西。而且也沒有外箱，只有用絲綢包起來保管而已。」

「嗯～哼，原來如此。」

環小姐用手撐著下巴，不住地點頭。

「該怎麼辦呢？環小姐。」

我這麼一問，環小姐便抬頭凝視著天空，回答道。

「這個嘛，總而言之，先看看狀況吧。」

和暑假、寒假相比，我總覺得春假比較特別一點，因為假期前和假期後的生活是完全不一樣的（❖註2）。教室會換、同班同學會換，連級任導師也會換。不安於自己是否能跟上如此巨大變化的同時，對於全新生活的期待也同樣高昂，有種煥然一新的感覺。這就是春假。

但是今年的春假，和過去又有一點不同。隨著進入新學期、往上升了一個年級，同時也必須背負起考生這個頭銜了。我現在還不是很清楚這個頭銜到底有多沉重，但是不久之後應該就能深刻體會它的重量了吧。

這一天，我邁出了成為考生的第一步，也就是到車站前的補習班去聽課程說明。雖然知道了課程表以及學費等基本事項，但我似乎還是缺乏自覺，一直覺得這些事情與我無關，完全沒有記在腦子裡。補習班的員工非常熱心地告訴我考生有多辛苦，可是我始終心不在焉地想著自己還能

❖註2：日本的學制是以春假過後，四月開始為一新的學年。

不能像去年一樣，有事沒事就跑去店裡看看。

聽完說明，拿到上課資料，總之媽媽交代給我的任務就此完成了。我看了看櫃檯上的時鐘，指針所指的位置比我想像中更晚。那麼，接下來該做什麼好呢？再過幾天就要開學了，就去買些新的筆記本之類的吧。我一邊想著這些事，一邊朝著文具店前進。我才剛走出補習班所在的大樓，手機突然震動起來，是揚羽打來的。一按下通話鍵，她焦急的聲音立刻傳了過來。

「啊，洸之介？你現在在哪裡？」

「在車站前。」

「真的嗎？那樣正好，你現在馬上去小野寺家！」

「請問是怎麼了嗎？」

「小杏連絡我們，她說好像有骨董商進去屋子裡了。」

我依照揚羽的吩咐，二話不說立刻前往車站，跳上電車，不過似乎還是慢了一步。當我抵達小野寺家時，已經不見骨董商的身影了。

小杏正獨自蹲坐在當初我們偷看小野寺家時，用來當作掩護的電線桿陰影下。

「小杏，掛軸呢？」

我盡可能地輕聲搭話，避免讓她受到驚嚇。而小杏的臉依舊朝下，搖了搖頭，然後用只能勉強聽到的聲音輕聲回答。

「我不知道。雖然記住了骨董商的名字……可是……」

既然知道骨董商的名字，那麼只要在網路上搜尋，就能知道店址了。可是就算直接殺進店裡，要求對方拿出他從小野寺家買來的掛軸，這樣也只會讓人起疑而已。

由於不知道下一步該怎麼做，小杏整個人沮喪了起來。我也不知道該如何面對這樣的小杏，因此跟著走投無路。這時，手機像是安排好了似地突然響了起來，來電者是揚羽。

「是洸之介嗎？」出乎意料的是，電話裡傳出來的竟然是環小姐的聲音。

「你現在在哪裡？」

「在小野寺家的門口，小杏也跟我在一起。」

「是嗎。那你帶小杏到距離店裡最近的車站來，我們在這邊的速食店裡。」

在我開口回答之前，電話就掛斷了。雖然不知道是怎麼回事，不過我們繼續待在這裡也不是辦法，於是我把環小姐的電話內容轉達給消沉的小杏知道，然後帶著她一起前往車站。

看著委靡不振的小杏一直低頭不語，我對她開了好幾次口，試圖鼓勵她。可是小杏的反應只有點頭或搖頭，完全不說話。這麼說來，我好像還不曾仔細看過小杏的臉吧？因為每當我看向小杏，她總是立刻低下頭，或是躲到環小姐背後。阿樹他們好像也花了很長一段時間，才有辦法和她對上眼。雖然無可奈何，但是碰上這種兩人非得一起行動的時候，感覺實在很尷尬。

配合小杏緩慢的步伐，我們坐上了電車。在自家附近的車站下車，並在熟悉的速食店裡看到大家的身影時，我心裡真的偷偷鬆了一口氣。和服美人、女高中生，加上身材高䠷的帥哥和小學生。這個不論是外表或年齡都非常不一致的神祕團體，會受到眾人矚目也是理所當然，所以想要加入他們需要一點勇氣。然而今天卻和平常不同，反而讓我有種安心感。

蓮華首先注意到我和小杏，她立刻誇張地用力揮手，招呼我們。

「洸之介，小杏，這裡這裡！你們兩個要喝什麼？我們已經先隨便買了一點吃的東西囉～啊，好像只剩下起司漢堡和照燒漢堡了，小杏想吃哪一個？」

「都可以……」

「那就給妳起司漢堡吧！洸之介吃照燒漢堡～」

「……謝謝……」

蓮華隨手就把照燒漢堡放在我的面前，看來我沒有任何選擇權吧。算了，反正沒差。總比被揚羽使喚、不得不被迫去買飲料的阿樹還好一點。

小杏完全不打算伸手拿起那個放在托盤上的起司漢堡，只是緊緊盯著它。她的眼眶慢慢變紅，最後眼淚終於順著臉頰流了下來，落在起司漢堡的包裝紙上，逐漸滲入、暈開。

「……怎麼辦……」

原本強忍下來的情緒似乎一口氣全部爆發出來了，感覺就像是洪水潰堤一般，眼淚完全停不下來。站在一旁的我剛好在近距離之下看到這一幕，胸口不由得為之一緊，徹底慌了手腳。

「那幅掛軸一直都在那個家裡。就算沒有掛出來，但是只要還在那裡就好了……」

小杏抽抽噎噎地這麼說。

「小杏。」聽到環小姐溫柔地呼喚自己的名字，小杏看似冷靜了一些。她伸手擦了擦眼睛，然後抬頭看向環小姐。

「對我來說，初代社長的小野寺先生就是我的恩人。我很不擅長講話，就算是同伴，也沒辦法好好交談，平常總是孤單一人。儘管我因此離開山裡並且變身成人類，但還是沒辦法習慣。一旦被人發現我是鐮鼬，大家總是害怕會被我割傷而紛紛逃跑。對人類來說，我們畢竟還是令人畏懼的對象，所以這也是無可奈何的事。因為這樣，我不管在什麼地方都無處安身……這還是我第一次交到能夠無話不談的朋友。」

如此重要的朋友說了「唯獨這幅掛軸一定要留在手邊」，所以她才會為了尊重朋友的意願，不惜一切也要阻止那幅掛軸賣出。應該就是這麼一回事吧。

「可是比起這個，我更不願意看到這件事情發生。我和小野寺先生一起度過的往日回憶，已經幾乎消失殆盡了。住家經過改建，連工廠也變得不一樣，而且現任社長和他的家人根本不知道我。唯一知道小野寺先生打從年輕時就和我認識的，就只有那幅掛軸了。雖然知道不會這樣，但我一直覺得如果那幅掛軸不見了，我和小野寺先生曾經是朋友的往事會不會也跟著消失，或者只有我一個人認為我們是朋友，這一切全都是我的一廂情願，感覺非常不安。」

小杏用力吸了吸鼻子。

「我也在想，人類和鐮鼬——和妖怪終究生活在兩個不同的世界，事實上根本不可能成為朋友吧……」

她說出的這句話，聲音實在非常小，可能已經被店內的吵鬧聲蓋過，沒能傳進大家的耳中。但是坐在一旁的我確實清清楚楚地聽見了——同時也深深刺進我的內心深處。感覺就像是被埋在冰塊裡一樣，身體急速地冷卻下去。

雖然我想否定，但一時之間什麼話也說不出來。「才沒這回事！」這句話彷彿卡在喉嚨深處，無法成聲。就算成功說出口，但若是又被進一步地否定呢？一想到這，我就無法順利開口。

「現在就放棄還太早了點。熟知那幅掛軸的妳，應該最清楚這件事吧？小杏。」

切斷我差點陷入灰暗深淵中的思緒的，是環小姐開朗到完全不符合現場氣氛的聲音。

小杏抱著僅存的期待，緩緩地抬起頭來。

「妳有什麼主意嗎？」

「這樣吧。明天早上，我們再去小野寺家一趟看看。」

「咦？」

不只是我，所有人都因為無法了解環小姐的用意而感到疑惑。然而環小姐根本不理會我們，嘴角逕自彎了起來。

「必須在明天八點半之前抵達才行。時間有點早，小心別睡過頭了。」

環小姐看似滿心歡喜的樣子，說出了像是小學老師在遠足前一天會說的話。

現在的時間是早上八點十五分。春假期間，現在應該是躲在被窩裡睡懶覺的時候才對。這次因為要在現場集合的關係，所以我獨自一人來到了小野寺家。原本以為有點遲到，但是之前大家躲起來偷看小野寺家的藏身地，也就是電線桿後面非但沒有半個人，反而堆了大量的垃圾。從垃圾的分量來看，今天應該是收可燃垃圾的日子吧。這條路有點彎曲，要是沒走到那根電線桿旁邊，就看不見小野寺家了呢……當我正愣愣地沉思的時候，突然有人拉了我的上衣衣襬。

「洸之介，今天不是在那邊集合喔。」

我一回頭，馬上看見了身穿鵝黃色和服的環小姐。她是什麼時候來的呀？從和服袖中伸出來的白皙手臂，使出了和纖細外貌完全相反的強大力道，一把將我拉到後面去。直到我們來到了背對小野寺家有點距離的轉角，她才鬆手。除了小杏，其他人也全都已經守候在那裡了。環小姐在轉角處輕巧轉身，開始注視著小野寺家。不對，不是小野寺家。她看起來簡直像是在監視那堆垃圾山，其他人也都望著和環小姐相同的方向。

「這是在做什麼啊？」

「噓！安靜一點！」

「要是被小野寺先生的太太發現就不妙了啦！」

揚羽和蓮華壓低了聲音罵人。

我不知道該如何解釋他們的詭異行動，只能無所事事地站在原地。這時，一位手裡拿著垃圾袋的阿姨，從我們背後的住家當中走了出來。阿姨一看到我們，臉上的表情立刻僵住。但阿樹隨即露出了爽朗的笑臉招呼道：「早安，今天的天氣也很好呢！」結果阿姨的臉漸漸變紅，表情也緩和下來。就算形跡可疑，只要人夠帥，不管做什麼都沒問題嗎？這樣真的好嗎？我的內心有點無法釋懷。

「啊，是小野寺太太。」

聽到櫻汰的這句話，我也跟著從環小姐身後探頭看向小野寺家。從大門走出來的小野寺太太，兩手各拎著大垃圾袋。她把垃圾放在電線桿旁邊的垃圾放置處，再轉身折回家中。

環小姐一看到小野寺太太走回家中，立刻一語不發地走近那堆垃圾山。然後拿起了應該是小野寺太太剛剛丟掉的垃圾袋，開始仔細觀察起來。

「環、環小姐？」

她突如其來的行動，讓我一時慌了手腳。但是環小姐依然自顧自地默默檢查垃圾袋。

「就是這個。」

她用充滿自信的聲音這麼說完後，就動手解開了垃圾袋，開始翻找。隨後從裡面拿出了幾根棍狀物，不對，那不是棍子，那些都是掛軸啊。每一幅掛軸都髒兮兮的，像是被蟲啃過一般破破爛爛，有的甚至還沒有軸頭。環小姐迅速卻又不失小心地將那些掛軸一一攤開再捲起來。看來應該是在確認圖畫內容，然後——

「有了。小杏，是這幅吧？」

環小姐拿起一幅破破爛爛的掛軸，在小杏面前晃一晃。

「沒錯！就是它！」

小杏興高采烈地衝了過去。

環小姐手中的那幅掛軸，包圍在畫心上下的一文字是深藍色，隔水與邊是淺茶色，而天地則是深綠色。一文字和天地都有繡上金絲花紋，一眼就能看出這是一套相當高級的裝裱。不過很可惜的是，那幅掛軸到處都有破損、發霉的痕跡。

至於畫心，更是我至今從來不曾見過的奇妙形狀。一條清楚勾勒出扇形的黑線，出現在畫心的中央位置，簡直像是把一張扇形的紙張貼在畫心上。那個扇形輪廓裡，畫了一個圓瞪著雙眼的禿頭老人。頭上披著一塊布，下巴長滿了鬍鬚，這畫的是達磨嗎？跟我知道的達磨不倒翁差很多呢。因為畫在扇形輪廓裡面，所以這幅畫其實並不大，但是卻有一股莫名的氣勢，多半是因為那雙圓睜的大眼睛吧。若是一直凝視下去，就會被它吸引住，再也移不開視線。同時還有一種巨大的能量朝著自己湧來的感覺，讓人心生畏懼，內心也出現某種十分焦慮、被人不斷催促的心情。

當我一直看著這幅畫時——那對斗大的眼睛動了起來，與我四目相交。

我應該沒有看錯吧？我揉了揉眼睛，發現畫中人物的眼睛還是朝著原本的方向。環小姐什麼也沒說，所以大概是我看錯了吧。

「這幅掛軸是怎麼回事？是我從來沒看過的外型呢。」

「這個啊，叫做扇面畫。也有人稱為扇畫。就是把畫在扇子上的圖畫貼到和紙上，加工成為掛軸。在扇子上作畫相當常見，扇子原本是用於舉行儀式或搧風的道具，不過後來發展成在上面加裝華美的裝飾，或者是作畫。由於扇子的形狀有『漸行漸廣』的意思，所以常被當成吉祥物品並且備受重視。最後形成一種獨立的繪畫形式，使得扇子的美術價值逐漸大於實用價值。」

「喔，原來還有這樣的典故啊。」

我正表示佩服的時候，環小姐已經輕巧地將繩子——也就是繫帶——一圈圈纏了上去。

「不可以隨便把別人丟掉的東西撿走，對吧？」

「嗯，是這樣沒錯。」

「那麼，我們現在就去取得物品所有人的許可吧。」

「現在就去問小野寺太太嗎？」

這樣會不會不太妥當啊？一群人把別人剛剛丟掉的東西重新拿來，然後說希望能把這個東西讓給自己，肯定令人覺得很不舒服吧。

「你們在說什麼呀？不是還有另一個物品所有人嗎？」

當我們還摸不著頭緒的時候，環小姐瞪大了眼睛這麼說道。

「小杏，妳應該知道社長先生住在哪一家醫院吧？妳來帶路吧。」

小野寺先生養病的醫院，必須從附近的公車站牌搭車約二十分鐘，是這一帶規模最大的綜合醫院。我們等到會客時間到了後，正準備進入醫院時，走在最前面的環小姐突然停下腳步，走在她身後的小杏迎面撞了上去，發出呻吟聲。

「所有人一起進去實在太勉強了。」

如同環小姐所說，我們這麼多人一起衝進去，可能會造成對方的困擾。根據小杏的情報，小野寺先生住的病房似乎是多人房，那裡說不定會有需要靜養的病患，吵吵鬧鬧的實在不妥當。

「環小姐一定會去吧。然後最多再去一、兩個人。」

揚羽掃視了一圈，最後她的目光準確地落在我身上。

「就讓洸之介和小杏去吧。」

小杏是這次事件的委託人，相信她也一定想要過去吧。可是她卻毅然決然地搖了搖頭。

「我要在外面等。」

「不見到面也不要緊嗎？」

「跟我這樣慌慌張張、畏畏縮縮的人一起進去，一定會被懷疑的……可是……」

小杏從裙子口袋裡摸出某個東西。

「可是我還是很在意，所以請把這個……」

小杏戰戰兢兢地交給我一個黑色的小型四方形物體，我用兩根手指捏了起來。這是什麼啊？

這時，我突然想到某件事，然後倒吸了一口涼氣。

「難、難道是，竊聽器……！」

我輕聲這麼一說，小杏立刻難為情似地羞紅了臉。為什麼會臉紅？沒有否認，就表示她承認這是貨真價實的竊聽器吧？

「不不不，這樣不行啦。」

「就是說啊。這種東西的電波，說不定會影響到醫療器材。」

「不對，阿樹，不是那方面的問題。」

「醫院裡不是也有可以打手機的地方嗎？在那邊就沒問題了吧？」

「揚羽，也不是這方面的問題啊。」

「既然這樣，直接讓手機保持通話狀態就行了吧？」

「咦咦～？可是手機很難聽清楚呀……」

聽到櫻汰的提議，小杏垂下了眉毛，面露難色。話說真的不是這方面的問題啊。之前也是如此，每個人的提議都有點牛頭不對馬嘴，總是奇妙地偏離重點。

「我之後會告訴妳小野寺先生說了什麼啦！總而言之不能用竊聽器。」

說服了一臉不滿的小杏，並讓大家坐在醫院外的長椅上等候之後，我和環小姐走進了醫院。

我們坐上電梯，朝著小杏說的病房前進，在走廊外的病房門牌確認了小野寺先生的床位。

「是右側靠窗的床位。」

環小姐彷彿再三確認似地輕聲說完，隨即不假思索地走進病房。由於會客時間才剛開始不久，裡面除了病患之外，似乎沒有其他人。在多位患者的注視之下，環小姐絲毫不在意這些目光，筆直地朝著窗邊走去。

「您是小野寺先生吧？」

躺在床上的，是一位年紀大概五十多歲、看起來相當溫和的大叔。他抬頭望著突然現身的環小姐，整個人愣住。

「妳是……？」

「我有話想跟您說，能不能借用一點時間呢？」

聽到環小姐突如其來的要求，小野寺先生表現出些許困惑，不過隨後卻露出了猛然發現某件事、恍然大悟似的表情。

「嗯，可以啊。這裡可能不太方便說話，要到會客廳那邊嗎？」

「您可以離開病房嗎？」

我這麼一問，小野寺先生笑著回答。

「我再過幾天就可以出院了，再說這也不是什麼不得了的重病，不必擔心。反倒是醫生吩咐我最好能夠稍微活動一下比較好呢，還叫我去庭院散個步再回來。」

「既然這樣——」我稍微往前站出一步。「不妨到外面去吧？而且今天的天氣也很好。」

我提議之後，小野寺先生也不疑有他，直接回答了一句「好啊」，表示贊成。

「那麼，我先去看看場地。之後再請兩位慢慢過來吧。」

確認小野寺先生和環小姐都點頭同意之後，我走出病房。由於在醫院裡跑步實在不妥當，所以我只能快步衝進電梯，然後迅速走出醫院的自動門，跑到大家所在的地方。

「你們快點躲到別人看不見的地方！」

「咦？怎麼回事？」

揚羽帶頭表示疑惑，其他人也同樣露出訝異的表情。

「小野寺先生現在正朝著這個地方過來。不對，應該不是這裡，是另一邊的庭院。」

再不快一點，小野寺先生和環小姐就要到了。我想環小姐一定可以察覺我的用意，然後幫忙爭取一點時間才對，但是時間真的不夠。我拚命催促大家快點移動，最後終於讓所有人全部躲在一張被樹木包圍、看起來最乾淨美觀的長椅附近。

「我們剛剛說要在外面講話，所以請你們快點躲起來。啊，小杏，那邊說不定會被看到。」

我對小杏招了招手，要她鑽進距離長椅最近的一團樹叢裡。

「我想這裡應該可以聽得很清楚。」

聽我這麼說完後，小杏一臉嚴肅地點了點頭。

就在此時，環小姐和小野寺先生正好抵達。我立刻讓小野寺先生在長椅上坐下，他看起來似乎沒有發現周圍躲了好幾個人，我偷偷地鬆了一口氣。

「所以，妳要說的事情是？」

小野寺先生抬頭看著正前方的環小姐。

「可以請您看看這個嗎？」

環小姐把包裹在方巾裡的掛軸拿了出來。起初，小野寺先生露出了狐疑的表情，但是等到環小姐把掛軸攤開之後，他立刻大吃一驚地瞪大眼睛。

「這是……」

「您有印象嗎？」

「是的。我以前看過這幅畫掛在家中和室的壁龕裡。妳是從哪裡拿到這幅畫的？」

「是在貴府附近的垃圾放置處找到的。」

「垃圾放置處？」

「為什麼會在那種地方？」小野寺先生困惑地歪著頭說。看來小野寺太太處理掉家中美術品的這件事情的確沒有讓先生知道。

「抱歉，我忘了自我介紹。我的名字叫做加納環，職業是裱褙師。這邊這位是我的徒弟。」

因為環小姐像是順帶一提似地介紹我，所以我也只有簡單報上姓名。

「我今天早上湊巧路過府上時，正好看見這幅被人當成垃圾丟棄的掛軸。由於裱褙師這份工作使然，所以我非常在意……打開看過之後，我覺得這是一幅棄之可惜的掛軸。但是擅自把別人丟掉的東西帶走，實在令人良心不安。我向其他路過的人詢問後，才知道這是小野寺先生的東西，同時也得知可能是因為尊夫人正熱心地清掃房子才丟掉的。另外對方還說，如果想要的話，與其詢問尊夫人還不如詢問您，而您最近則是在這家醫院住院。」

不知道環小姐是什麼時候想好這套說詞，總之她毫不猶豫地迅速說出這番幾乎讓人忍不住感到羞愧的天大謊話。

接著，她緊盯著掛軸的眼睛緩緩轉到小野寺先生的身上。

「這幅掛軸，如果您打算當成垃圾丟棄的話，能不能讓給我呢？」

小野寺先生似乎不知道該怎麼回答才好，視線不斷左右游移。

然後他有點遲疑地伸出了手，從環小姐手中接過掛軸。

「……我甚至不知道這幅畫還放在家裡。說來慚愧，我把家裡的事情全都交給內人處理了，因為我一直忙著工作。」

小野寺先生自責似地苦笑起來。

「這幅掛軸是我祖父留下來的東西。祖父的興趣是蒐集骨董，家中儲藏室裡全堆滿了他的收藏品。這也是其中之一，大概是內人決定處理掉吧，因為她對這種古老的東西沒有興趣。我猜她原本的打算應該不是丟棄，而是變賣後貼補家用，畢竟我這次住院花了一筆不小的錢。然而這幅掛軸會被丟掉，就表示它沒什麼價值吧。」

小野寺先生有點遺憾地這麼說道。

「這是祖父最珍惜的一幅畫，只有特別重要的客人來訪時才會掛在壁龕，其他時候則是一直收起來。不過他每天早上都會把畫拿出來攤開鑑賞，早上起床第一件事就是看畫。那好像是祖父每天的例行公事，我小時候也因此看過這幅畫很多次。不過，感覺有點恐怖，那雙大眼睛彷彿一直瞪著自己似的。」

就是這種感覺。如果還是小孩子，肯定會更加害怕吧，我這麼想著。

「請問您知道這是什麼畫嗎？」

「記得應該是達摩吧。」

小野寺先生一次就說中了。環小姐相當滿意似地點點頭，繼續說了下去。

「嗯，他是禪宗的開山祖師，所以禪畫當中經常出現這種繪畫主題。」

那麼，小野寺先生家是禪宗的信徒嗎？或者初代社長是位虔誠的佛教徒？——我心裡這麼想，但實際上似乎並非如此。

「祖父並不是熱衷於宗教信仰的人。」

「嗯，因為令祖父應該不是把這幅畫當成禪畫在欣賞。」

不只我一個人不知道該如何解讀環小姐的這句話，看起來小野寺先生似乎也是如此，他的眼睛疑惑地眨個不停。

「您知道達摩面壁九年的故事嗎？據說達摩曾在中國洛陽郊外的少林寺裡面壁坐禪，一坐就是連續九年。後人模仿他打坐時的模樣，做出了空心紙糊的達磨不倒翁。原本是當成驅除痘瘡的驅魔物而送給小孩子的玩具，因為紅色曾被當成是能夠驅除痘瘡的顏色。後來痘瘡漸漸絕跡，最後才演變成為祈求必勝的吉祥物品。」

我聽過痘瘡這個詞，記得意思是天花。達磨不倒翁之所以是紅色，原來有這樣的緣由啊。

「因為形狀的關係，空心紙糊的達磨不倒翁不論怎麼推倒，都會自己重新站起來。基於這個特性，後來逐漸衍生出再接再厲、不屈不撓的意思。相信令祖父應該是聽過這個故事，所以對這幅畫有著特別的感觸吧。」

根據小杏之前的說法，小野寺先生的爺爺是在創立公司之前買到這幅畫。當時，他應該對於即將開始的事業懷抱著不安，但同時也充滿著期待吧。一定要讓這間公司成功，為此絕對不能輕言放棄。相信他心底一定隱藏著這份決心，而這份思念正好和達摩的故事重疊在一起。

「的確，這幅掛軸的作者不明，而且裝裱也已經損毀，在金錢方面幾乎沒有任何價值了。但是物品的價值高低全是由人心決定，對令祖父來說，相信這幅掛軸應該是最重要的寶物吧。」

小野寺先生一直凝視著掛軸。

這時，就在小野寺先生的注視之下，達摩的眼睛突然轉動了一下。我剛剛果然沒看錯！我如此暗想的同時，心裡也感到一陣驚慌。小野寺先生像是嚇了一跳似地猛眨著眼睛，我只好全力運轉自己的腦袋，思考該如何蒙混過去。可是他都已經看到了，該怎麼解釋才好？話又說回來，這幅畫上果然殘留著思念啊。

因為達摩只動了這一次，之後再也沒有任何動靜，所以驚訝不已的小野寺先生似乎也覺得是自己看錯了。

最後他壓低了聲音，但是卻異常堅定地說道。

「——非常抱歉。我還是沒辦法把這幅畫讓給妳。」

然後他有點難為情似地抓了抓頭，接著開口。

「才剛把東西丟掉卻說出這種話，真的很不好意思……不過我果然還是想把這幅畫留在自己手邊。」

聽到這句話，環小姐非但不覺得可惜，反倒是有點開心似地回答了「這樣呀」。

「雖說我徹底忘了這幅畫，但我竟然讓它變成這樣破破爛爛的，實在是很對不起祖父。」
「那麼，就由我來修復吧？」
「啊啊，妳剛剛說妳是裱褙師嘛。還請務必接受我的委託。」
聞言，環小姐從懷中拿出某個東西，那是一張寫了兵助先生的姓名及住址的名片。
「這裡是我們的店址，上面這個名字是店裡的負責人。所有的連絡事宜都會由他來負責，如果您有任何疑問，都請不吝賜教。」
環小姐似乎早就預料到事情會發展成現在這樣，否則絕對不可能準備得這麼周到，而且如果是環小姐的話，感覺可以輕鬆想像出她料事如神的樣子。
「我知道了，那就麻煩妳了。」
小野寺先生接過名片，深深低頭行禮之後，抬頭仰望著正把掛軸重新包回方巾裡的環小姐，然後微微瞇起眼睛。雖然沒有逆光，但是他臉上的表情，就像注視著某種光彩炫目的東西。
「以前我還小的時候，祖父曾經告訴我，這個家裡有個守護神。祂的外貌看起來像個小女孩，然而一旦家裡陷入困境，祂一定會現身幫忙。祖父說那個守護神是他的好朋友，所以我一直以為他只是在開玩笑。」
就是因為這樣，所以他在病房看到環小姐時，才會露出恍然大悟的表情嗎？
「雖然不是小女孩，不過祖父說的那個人，該不會就是妳吧？」

這時，一陣吸鼻子的聲音忽然傳來，那一瞬間嚇得我連心臟都差點停止。畢竟這裡看起來應該只有我、環小姐和小野寺先生在場才對。那個聲音十之八九是小杏發出來的吧。小野寺先生開始東張西望，似乎聽見了那個聲音，所以我非常緊張，只能演出吸鼻子的動作強行帶過。

而環小姐在聽到小野寺先生的問題之後，輕輕搖了搖頭。

「不，那不是我。不過，我相信那個孩子現在應該也在守護著您吧。」

「是嗎……」

小野寺先生彷彿心滿意足似地露出了安心的笑容。

我送小野寺先生回去病房，然後再次回到原地時，發現大家不知為何全都圍在庭院樹叢的旁邊東看西看。我還在想他們到底在做什麼的時候，同時也發現小杏的身影並不在其中。

「小杏呢？」

「在那裡面。」

我一問，揚羽便伸手朝著大家正在觀望的地方一指。茂密蓊鬱的綠葉當中，隱約可見一頭茶栗色的頭髮，而且也能聽到小杏不斷啜泣的聲音。

「小杏～妳也差不多該出來了吧？」

蓮華出聲一喊，那團蓬鬆的頭髮立刻左右晃動，同時哭聲變得更加響亮。她似乎沒辦法停止哭泣，所以才不願意出來。沒辦法，看來只能等小杏自己冷靜下來了。

「環小姐，妳為什麼知道那幅掛軸會在今天早上被當成垃圾丟掉呢？」

我朝著離大家有段距離的環小姐走去，如此詢問。

「因為今天是那個地區收可燃垃圾的日子啊。」

「是沒錯啦。」

不過我想問的不是這個。我心中的想法可能直接出現在臉上了吧，只見環小姐一直盯著我看，然後咯咯笑了起來。

「賣掉骨董之後的隔天，肯定就是丟垃圾的日子了吧？根據櫻汰之前從小野寺太太那邊打聽出來的消息，那裡的東西一直都放在儲藏室，稍微打掃就會弄髒圍裙不是嗎？若是陶器之類的東西也就罷了，換成掛軸的話，只要進去打掃肯定會嚴重受損，要是有放進木盒保存倒還另當別論。再加上掛軸的作者沒有名氣，所以一定不會有人買，而且這種東西也沒有再次收藏起來的必要。因為小野寺太太一心想把那個房間裡的美術品全部處理掉呀。」

所以環小姐才推斷她一定會立刻丟掉，而這個推測正確無誤。

「環小姐也預料到小野寺先生會收回那幅畫吧？」

「因為我覺得那幅畫若能如同小杏的希望，繼續留在小野寺家比較好。畢竟就是因為那幅畫，小野寺家才有現在的發展啊。」

這是什麼意思？在我發問之前，環小姐就先說了下去。

「小杏的朋友，也就是初代社長，他之所以會這麼珍惜那幅畫，就如同剛剛的說明，他藉由看著達摩畫來激勵自己。那股熱誠化為思念，深深烙印在畫上，為他和公司帶來了影響。」

「上面果然附著思念啊。」

我以為是自己看錯，不過環小姐似乎早就注意到了。

「雖然它的思念程度強烈，但還算是老實的。我想應該不會有問題，所以就先放置不管。」

「只是我沒想到它會在那個場合中動起來。」環小姐補上這句話。

「不過呢，過於強大的思念，有時也會造成不好的影響。」

「不好的影響？那間公司不是發展得很順利嗎？」

「因為透過那套裝裱巧妙地調整了思念的強弱。相信當初一定是有個手腕高超的裱褙師發現了那股思念，並且加以封印了吧。但是裝裱受損後，原本被封住的思念也因此流竄出來，而且那應該是最近才發生的事吧。」

聽到這裡，我也注意到一件事。

「妳的意思是說，這間工廠如今經營不順，也是因為這幅掛軸嗎？」

「原因不見得全都在掛軸上，不過小野寺先生住院的確是因為這個。因為受到畫中思念的催促，才會工作到廢寢忘食吧，所以最後才會因為過勞而倒下。」

「那麼，只要重新為這幅畫裱褙，小野寺家就不會再有問題了？」

「沒錯。」

有環小姐的這句話，我想小野寺家應該真的不會再有問題了。

這時，好不容易停止哭泣的小杏終於從樹叢裡走出來了。因為哭過頭，她的眼睛一片通紅，眼皮也有點發腫。

「環小姐，真的非常感謝妳。」

小杏深深垂下了她那一頭茶栗色的捲髮。等到她再次抬起頭，臉卻不知為何朝著我的方向轉來。儘管有點猶豫，不過她還是對我開了口。

「那個……我也要謝謝你。謝謝你把小野寺先生帶到這裡來……」

那只是我突然靈機一動，壓根沒想過是什麼了不起的計畫，所以聽到她這麼鄭重地道謝，讓人有點慌了手腳。不是透過竊聽器，也不是透過手機，能讓小杏直接聽到小野寺先生的話，我也覺得這樣實在太好了。

「小杏，妳有清楚聽到小野寺先生說的話嗎？」

「……有。」

小杏之前說的那番話，一直像塊大石頭一樣壓在我的心上，讓我非常在意。

的確，人類和妖怪是完全處於不同的世界，兩者之間有著一道顯而易見的鴻溝。但是同樣的鴻溝，也存在於人類與人類之間。不過，只要搭出一座橋，想把距離拉到多近都不成問題。只要雙方都有同樣的想法，一定能辦到這一點。小野寺先生早就已經朝著小杏搭出那座橋了，只是小杏沒有注意到而已。

認為兩人是朋友的，絕非小杏一個人。

能夠讓小杏知道這件事，我覺得很開心。

「太好了呢。」

「嗯，真的太好了……！」

小杏目不轉睛地抬頭看著我，臉上綻放出笑容。

她的反應讓我有點難以置信，所以我一不小心就緊盯著她看了。不過小杏仍然沒有轉開她的視線，依舊面帶微笑。這還是我第一次清楚看到小杏的臉。這個反應，莫非代表著極度怕生的她終於對我敞開心房了？

對此感到驚訝的人似乎不只我一個，蓮華也像是十分佩服似地眨著眼睛。

「欸～小杏應該是第一次這麼快就習慣一個人吧？到目前為止，最短的紀錄保持人都還是櫻汰吧～？」

「嗯。但是要到眼睛能夠互看的程度，也花了兩個月的時間喔。」

「洸之介應該連一個星期都不到吧？」

「好快喔！洸之介，是新紀錄呢！」

「一口氣縮短紀錄了呢！」揚羽和阿樹他們就像在說著刷新金氏世界紀錄一般興奮地說道。

這件事情真的有這麼厲害嗎？我不太清楚，不過看到小杏不再害怕，而且也願意讓我看到她的臉，的確令人開心。畢竟看到別人這麼畏懼自己，心裡還是很受傷。

「等到那幅達摩畫回到小野寺家，我會再去看看它掛起來的模樣。」小杏興沖沖地這麼說。

只是我覺得偷偷闖入實在有點不妥，就對她說：「反正小野寺先生也知道小杏了，大可直接光明正大地報上名字進去看吧。」結果——

「呀啊啊！那我沒辦法啦！」

小杏連耳朵都變得通紅，雙手蓋住臉，直接蹲了下去。

看來，距離她成功克服怕生的毛病，還有一段很長的路要走。

第二章

座敷童子的故事

在加納裱褙店裡，有很多只會出現在電影或電視劇當中的古老家具裝飾。例如和室裡的矮桌、充滿年代感的桐木櫃，還有放在靠裡面房間的梳妝台等等，至今都仍在使用。

其中我覺得尤其少見的東西，就是那台轉盤式的黑色電話。這是我第一次親眼看到實物，用手指轉動轉盤撥號的時候，心裡還有點感動。

然而我卻沒看過任何人實際使用那台黑色電話。由於拿起話筒就能聽到撥號音，所以我知道這台電話並沒有退化成裝飾品。但是說實在的，它根本沒有任何派上用場的機會。因為裱褙的工作都是透過兵助先生接洽委託，從來沒有人直接打電話過來。此外，若是想跟環小姐或其他出入這家店的人連絡，我都會直接打他們的手機。雖然環小姐沒有手機，不過除了她以外，其他每個人都有手機，連櫻汰都有兒童專用手機。

我在這家店裡出入超過一年，到現在都還不知道這裡的電話號碼。可能是因為這樣，我總覺得那台電話應該已經變成多餘的東西了吧。

所以這天當我走進店裡，看到環小姐正在使用那台黑色電話時，我真的打從心底大吃一驚。那台電話果真能用！但是會用那台電話進行交涉的人，到底是誰呢？我相當在意地豎起耳朵偷聽，卻聽不出個所以然。

和室裡已經有人先到了。我的師兄兵助先生，臉上帶著看似垂頭喪氣、也像是心不在焉的表情，盤腿坐在一旁。一定是因為工作太累了吧。店裡似乎只有正在接電話的環小姐和兵助先生兩個人，這也是一件很稀奇的事。過了中午的這段時間，正好是最佳的午睡時間，感覺揚羽等人應該會在店裡才對。

為了不打擾環小姐接電話，我踮起了腳尖，悄悄地踩進和室。

「真是難得。竟然會用到那台電話。」

「喔哇？」

我一開口，兵助先生立刻發出了奇怪的聲音。看來他完全沒發現我走進店裡來了。

「什麼嘛，是洸之介啊。你什麼時候來的？」

「剛剛才到。話說我走進店裡之前就有先打過招呼了啊。」

「是、是嗎？不好意思啊，我在發呆，沒有聽到。」

他在想什麼事情嗎？兵助先生看著月曆邊說道：「今天明明是星期天，你還能來啊。」

「聽揚羽說，你最近只有平日才會偶爾露個臉。」

「因為有很多模擬考之類的事情要應付，考生這個身分實在是麻煩死了啊。」

我想到之後的定期測驗和模擬考的日程，不由得憂鬱起來。如果把隨堂小考和補習日全部寫在那個月曆上，大概可以填滿所有的空格吧。真懷念去年有空就能到店裡來的時候。

這時，環小姐似乎講完了電話，只見她放下了話筒。

「哎呀，你來啦，洸之介。」

環小姐今天穿著淺黃色與白色互相交錯的花菖蒲圖案的和服，腰上繫著紅色的腰帶。那件和服的配色與其說是懷舊，反倒更像是骨董，和那台黑色電話並排在一起，讓人覺得彷彿只有那個區域的時空回到了過去。不過，看在活了五百年時光的妖狐環小姐眼裡，我覺得是懷舊風格的東西，對她來說應該根本算不上是過去的產物吧。

「打擾了。」我點頭招呼，環小姐也露出微笑，跟著點了點頭。

「剛剛的電話是誰打來的？」

兵助先生直接把我暗自納悶的事情問了出來。

「是新。」

「啊啊，是那傢伙啊。怎麼，他要過來嗎？」

「下個月吧。他說是工作，順便過來看看。」

對方似乎是他們兩人共同的朋友。我對「新」這個名字沒有印象，不過從以往的經驗來看，相信對方應該不是人類。

環小姐在兵助先生的正前方坐下。

「話說回來，兵助，你想說的事情是什麼？」

聽到環小姐的問題，兵助先生沒有做出任何回答，嘴巴始終緊閉，並朝著我瞄了一眼。

「不，今天就算了。改天再說。」

「我打擾到你們了嗎？」

他們該不會正要討論什麼非常重要的話題吧？我是不是來得非常不湊巧？我開始緊張起來。

「不不，沒事。沒什麼大不了的，別在意。」

兵助先生拍了拍我的背，我也只能回應一聲「喔……」。雖然有點內疚，不過兵助先生就像是鬆了一口氣似地露出溫和的笑容，所以我也覺得應該不要緊，沒有繼續追問下去。

此時，突然鈴鈴鈴地響起了一串急促的聲音，聲音的來源顯然就是剛剛才用過的黑色電話。

原來聲音這麼大聲嗎？簡直就像鬧鐘一樣，彷彿極度強調著自我的聲響。

「哎呀哎呀，真是難得。」

環小姐站了起來，拿起話筒。

「您好，這裡是加納裱褙店——啊啊，是你啊……嗯……嗯……」

似乎又是朋友打來的。環小姐回應了幾聲後，將手邊的記事本拿了過去，寫下一些東西。

「啊啊，我知道了。可能需要一點時間也說不定，因為大家都不在啊。」

她一掛斷電話，隨即對我和兵助先生下達指令。

「可以幫忙通知一下揚羽他們，叫他們立刻回來嗎？」

「啊，是。可以是可以，不過為什麼？」

「因為有工作委託，需要人手啊。兵助，你也要一起去喔。你剛剛才說今天沒有工作吧？別想偷偷溜走。」

彷彿感受到某種預感，才正準備溜出店裡的兵助先生立刻全身一震。不過話說回來，用電話直接提出工作委託，實在很罕見。

「是認識的人提出的委託嗎？」

「差不多。」

「喂，是誰提出的？」

兵助先生滿臉不服氣地質問。

「是雙葉。」

環小姐一說，兵助先生臉上不滿的表情立刻為之一變，嘴裡說著「啊啊，原來是他啊」，似乎接受了這個狀況。然後他也完全不追問委託內容是什麼，直接拿出手機開始操作。

「是認識的人嗎？」

「差不多吧。」

「所以果然是妖怪？」

聽到我的問題，兵助先生皺起眉頭，沉默下來。一旁的環小姐代替兵助先生開口回答。

「跟人類相比，他跟我們比較接近，但是和我們又有一點不同。」

不是人類也不是妖怪，那會是什麼？難不成是幽靈之類的？和幽靈通電話，感覺實在不太舒服啊。應該說幽靈有辦法打電話嗎？兵助先生察覺到我心中的混亂，開始苦笑起來。

「哎，那傢伙是個不錯的人。」

「喔……」

我越來越混亂了。那個叫做雙葉的人——雖然有可能不是人——到底是什麼來頭呢？

在問題始終未解的情況下，我也開始仿效兵助先生，依照環小姐的指令發出簡訊。

「剛剛說需要人手，所以是規模龐大的委託囉？」

「與其說是規模龐大，該怎麼說呢，應該是委託人的要求吧。他希望可以把現在能過去的人全部帶去。」

「啊？」

「好啦，在大家回來之前，得先把工具準備好才行。」

環小姐幹勁十足地從懷中取出帶子，迅速地將和服袖子固定好。然後她露出雀躍不已的笑容，對著單手拿著手機不動的我說道。

「洸之介，今天要進行課外教學喔。」

我和兵助先生送出簡訊不到三十分鐘，所有人都回到店裡來了。因為事發突然，每個人都是滿臉疑惑，揚羽甚至還生氣地喊著：「因為兵助露出一副嚴肅的表情，我才識相地離開店裡，連午睡都沒睡耶！」

可是一聽到環小姐說出委託人的名字，大家的疑惑或怒氣全部瞬間消失。

「是雙葉啊。那就沒辦法了呢。」

「真的沒辦法。」

「因為是雙葉啊。」

這就是揚羽、櫻汰和阿樹三人的反應。大家都做出和兵助先生類似的回應，表示他們應該也認識那個人吧。

順帶一提，蓮華並不在現場。就在不久前，四月即將進入尾聲的時候，她嚷嚷著：「已經熱到受不了啦～！」隨後開始了她的長期打工。在氣溫較高的春季到秋季開頭這段期間，蓮華都會到使用冷凍庫的工廠打工，順便賺取必要的活動資金。要是天氣太熱，身為雪女的她好像就會融化。因為這樣，我在冬季來臨之前都沒有機會見到蓮華。原本以為比任何人都開朗活潑、精力旺盛的她一旦失去蹤影，周遭可能會變得既安靜又落寞也說不定。可是她每天依然傳來一些內容無關痛癢、花樣卻多到不行的簡訊，所以我根本感受不到死氣沉沉的感覺。反倒是每天忙著回覆，讓人忍不住想問蓮華，妳應該知道我是考生吧？

我們完全遵照環小姐的吩咐，將之後會用上的工具一一搬出工作室。例如捲成筒狀的大片和紙、漿糊、刷毛，此外還有各式尺規和裁切和紙所需的圓頭刀。我一直以為裱褙工作應該全部都是搬到工作室裡進行，原來也有到府服務啊。從工具來看，可以確定委託內容並不是要裱褙掛軸類的物品，不過實際上到底是什麼委託呢？經驗不足的我完全看不出來。

「環小姐，這次的委託內容是什麼？」

「是更換格子門上的和紙。」

「格子門平常都是在委託者的家裡進行更換紙張的作業嗎？」

「不是，一般都是暫時交給我們保管，然後在店裡進行作業。這次是因為委託人希望在他家進行作業，而且他還說會準備作業空間。」

為什麼要這麼做呢？該不會是那種沒有親眼見到作業過程就無法安心的難纏客人吧？先是希望越多人過去越好，然後又是指定作業地點，這個委託人的古怪要求還真多。然而大家都沒有出言抱怨，可能是因為每一次的委託內容都如此，所以習慣了也說不定。

我們拿著工具，坐進了兵助先生的車。雖然同樣在市內，目的地卻是都市開發的觸手尚未觸及、依然保留了大自然景觀的悠閒區域。車子停在附近最大的一棟房子前，不對，與其說是房子，說是宅邸可能更加貼切。那是一棟擁有厚重瓦片屋頂的雄偉平房，占地應該也有普通住宅的兩倍以上。主屋前方聳立著一道木製的巨大門扉，周圍則是由木板圍籬包圍著。門牌上龍飛鳳舞地寫著「早瀨」二字。

兵助先生按下了門口的電鈴。

「我是加納裱褙店的人，前來為貴府委託的格子門換和紙。」

過了一陣子，裡面傳來了拉開木製拉門的聲音，隨後大門開啟。

「哎呀哎呀，歡迎你們。」

從裡面走出來的人，是位身材嬌小、笑容相當親切可愛的老婦人。年紀大概是六十多歲吧。身上的衣物和言行舉止看起來都相當高雅。若提到她居住在這棟大房子裡面，自然會讓人產生出「啊啊，果然很適合」的認同感，這位老婦人就是給人這種感覺。

難道她就是雙葉，就是提出古怪委託的人嗎？雖然我覺得應該不是就是了。

「這麼多人大駕光臨，真讓人開心呢。哎呀，還有年紀這麼小的孩子。」老太太一看到櫻汰，臉上的笑容變得更加燦爛。「來來，快請進來吧。」

從這個反應來看，她應該不是雙葉。換句話說，她大概就是大門門牌上寫的早瀨女士吧。

在早瀨女士的催促之下，我們抱著工具穿過大門，走進了屋內。不論是玄關寬廣的脫鞋處，裝飾在花瓶當中的花朵，還是擦得一塵不染的走廊，全都讓人有種自己來到了高級旅館的感覺。然而和旅館不同的是，屋子裡非常安靜，完全沒有其他人的氣息。難道老太太是自己一個人住在這麼大的房子裡嗎？

環小姐相當感佩似地對早瀨女士說道。

「真是氣派的房子啊。而且掃除工作也盡善盡美，想必一定花了不少功夫吧？」

「謝謝妳的誇獎，因為打掃就像是我的個人興趣一樣。」

「您從以前就一直住在這裡嗎？」

「我原本是住在市區裡，大概十年前買下了這棟曾是空屋的房子，然後就搬到這裡來。當初買下來的時候，這裡多半是因為太久沒有住人，裡面全是灰塵，庭園也是一片荒蕪，真的是一團混亂。所以地方雖大，價格卻相當划算。而且這兒又是交通不便的郊區啊，不過外子對這裡一見鍾情，說要在這裡終老。」

「那麼，這裡只有您和您先生兩人居住嗎？」

阿樹從旁插進這句話來，而早瀨女士回答了「不是」加以否定。

「外子已經在三年前過世了。雖然有個兒子，不過他也已自組家庭搬出去住了。所以我一個人——之前是一個人住，只是不久之前又變成兩個人了。來，就是這個房間。因為他說可以直接把各位帶到進行作業的房間，請問這樣沒關係吧？」

「沒關係的，謝謝您。」

早瀨女士領著我們前往一間玄關旁約四坪大小的和室。從面向南方的格子門外射來一片柔和的光線，採光非常良好。裡面除了壁櫥之外沒有任何家具，大概是平常沒有在使用的客房或做為其他用途的房間吧。

「那麼，請問雙葉在哪裡？」

把裝滿工具的方巾放下之後，環小姐立刻詢問早瀨女士這個問題。

「那孩子的話，現在住在這條走廊最裡面那間靠北側的房間。要叫他過來嗎？」

「不必了，我想叫了他應該也不會過來，我們過去就好。」

語畢，環小姐猛地站了起來，走出房間。兵助先生邊說「就過去看看許久不見的雙葉吧」邊跟了出去，所以我也跟著他們兩人一起行動。我有點在意這次的委託人雙葉到底是什麼樣的人。

環小姐昂首闊步地穿過走廊，在某個房間的紙門前停了下來。那裡應該就是早瀨女士所說的房間吧。然後她既沒有出聲招呼也沒有動手敲門，直接一把拉開紙門。

那是一間非常昏暗的房間。雖然北邊向來缺乏日照，但這裡還是暗得不可思議。不過這也是情有可原，因為窗戶被窗簾擋住，完全隔絕了外部的光線，再加上房間裡沒有開燈。房內唯一的光源——電視機畫面，如今正在閃閃發光。電視機前面似乎有人，可以看到一個黑色的人影就坐在那裡。

至於電視機畫面上，則是出現了風格相當復古的遊戲畫面。人影的前方，隱約可以看到一個帶著白色與暗紅色、形狀獨特的物體。記得那個東西應該是——

「紅白機？我第一次看到。」

「咦？你沒看過紅白機嗎？」

站在旁邊的兵助先生，像是看到外星人似地盯著我看。

「嗯。雖然有在電視上看過，但今天是第一次看到實物。」

「真的假的！嗚哇——時代已經差這麼多了嗎？」

兵助先生自顧自地遭受打擊。

榻榻米上還放著各式各樣的遊戲機、書本和雜誌。這裡跟剛剛那間客房一樣都是四坪大的房間，但是因為東西太多，感覺狹窄不少。然而看起來卻不會亂七八糟的，似乎有經過一番整理。房間主人的個性可能非常一板一眼吧。

「雙葉。」

環小姐一喊，電視機前的黑影立刻動了一下。黑影朝上拉長，轉過身面對我們，然後從房間裡面走到走廊旁邊。他的長相比我想像中年輕，身高也不高，感覺像是比我小一點的國中生吧。一頭亂髮加上灰色連帽外套和運動衫，在這個房間裡穿成這副模樣，看起來完全就是拒絕外出上學的國中男生。

「你們來啦。比我想像中快很多呢。」

「要求我們早點到的人可是你啊，雙葉。真是的，你的委託每次都來得這麼突然，實在讓人傷腦筋。」

環小姐一點也不傷腦筋似地這麼說完，雙葉立刻用鼻子哼了一聲。從他們兩人毫無顧忌的對話內容來看，看得出來他們是認識多年的親密好友。可是他對環小姐的態度也未免太狂妄了吧？連聲招呼都不打嗎？就算他的身分是委託人，也不該表現出這種態度吧。

「話說，我應該要替哪裡的格子門換和紙呢？」

「南側的客房和志津的房間。至於和紙方面的問題就問志津吧，錢也是由志津付。」

志津，應該就是早瀨女士吧。如果他不是人類而是某種妖怪的話，那麼年紀應該是比早瀨女士還大。可是就算如此，直呼名字是怎麼回事？而且還要人家付錢，提出委託的人應該是你吧？這種彷彿對待下人的態度，讓我有點煩躁起來。

「來了多少人？」

「除了我們，櫻汰、揚羽和阿樹都來了。有這麼多人在，作業時間應該不會花上太久吧。」

兵助先生一邊興味盎然地張望著房間一邊回答，而雙葉也相當滿意似地點了點頭。

這時，他像是終於注意到我似的，開始盯著我看。藏在長瀏海之後窺看的眼睛，看起來意外地稚嫩。

「這是誰？」

「是環的新徒弟。」

兵助先生用力推了我的背一下。雖然有點提不起勁，不過我還是勉為其難地打招呼。

「……你好，我是小幡洸之介。」

雙葉一點反應也沒有，繼續用他毫不客氣的視線盯著我看。彷彿正在對我品頭論足似的，實在不太舒服。

「妳是什麼時候收他當徒弟的？」

「大概是在一年前吧。」

環小姐一臉懷念地回答，只是雙葉雖然自己提出了這個問題，卻又像是興趣缺缺似地「嗯哼」了一聲，接著說道：

「哎，你就努力不要扯別人後腿吧。」

伴隨著一臉實在不太友善的微笑，雙葉高傲地說完之後立刻回到房間裡，紙門就在眼前啪嗒一聲關上。我整個人呆住了。等到好不容易回過神，一股怒火瞬間衝了上來。

「那傢伙是想怎麼樣啊！」

「就算你這麼問，我也不知道該怎麼說啊。」

「那根本不是有求於人的態度吧？超級沒禮貌的啊！」

雖然我知道對方就在紙門的另一頭，不過還是忍不住把這幾分鐘內所累積的煩躁感一一吐出。然而環小姐和兵助先生不僅沒有表示贊成，反而一直安撫我不要太在意。他們兩人就像是在勸誡小孩子們不要吵架一樣，讓我心中的煩躁不減反增。

當然，他那種高高在上的口氣的確讓人不愉快，不過我的經驗不足也是不爭的事實，所以這一點也就算了。我最不能原諒的是雙葉對待早瀨女士的態度，提出委託的人明明是他，他卻把所有相關事宜全部丟給早瀨女士負責。竟然把那位慈祥和藹的老太太當成下人一樣使喚，你以為你是誰啊？我心裡這麼想著。

會氣到這種程度，我想應該是因為我對自己的外祖母的感情相當深厚吧。

我是在一個雖然父親在世，卻因為他工作長期外出，實質上等於是單親家庭的特殊環境中長大。母親是個在工作崗位上相當活躍的職業婦女，她也因此經常晚歸，所以我常常被寄放到住在附近的外祖父母家中。外祖父可能覺得父親不在身邊的我相當可憐，總是努力地嘗試代替父親一職——這其實沒什麼，只是他有點努力過頭，經常惹出一些麻煩。他曾經認真強調：「父子就是要玩傳接球！」然後在庭院裡投球的時候，不小心打破鄰居家的窗戶，被人狠狠罵了一頓。這是哪個年代的小學生才會做的事啊？連我都快看不下去了。

外祖父堅持己見、一意孤行的個性，也被他的女兒，也就是我的母親繼承下來。因為這樣，兩人只要一起衝突，就會像是兩隻怪獸脫離控制一樣，發展成驚人的吵架大戰。近在眼前而且越演越烈的戰爭，當時還是小孩的我根本束手無策，只能驚慌失措。能夠讓他們兩人停止吵架的，就只有平常總是笑容可掬、平靜穩重的外祖母的一句話。所以對我來說，外祖母是非常值得尊敬的厲害人物。

後來外祖母因為生病而臥病在床，沒多久便過世了。曾經說過「要是老太婆不在，只要三天我就會跟著死去」的外祖父，雖然不是在三天後，不過也在半年之後辭世。這些都發生在我還是小學生的時候。外祖母最後對我說的話是「長大之後，要好好照顧媽媽喔」。

我覺得早瀨女士和外祖母似乎有些相像。大概是她那平穩的笑容，或是整體的氣質吧。可能就是因為這樣，我才沒有辦法原諒雙葉這樣粗魯地對待早瀨女士。

可是，對雙葉抱持不滿的人好像只有我一個，兵助先生只露出一臉苦笑，至於環小姐，則是相當開心似地望著紙門，口中說著「這棟房子裡的紙門都是相當不錯的東西呢」。

「別太在意了，那傢伙一直都是這樣。」

兵助先生像是幫雙葉說話似地這麼說道。來到這裡之前，兵助先生有說過雙葉是個「不錯的人」，可是現在的我完全無法理解這句評價。

「兵助先生，那傢伙哪裡是個不錯的人了？」

我憤憤地這麼詢問，而兵助先生則是咧嘴笑了笑。

「哎，你遲早會知道的。」

我不知道，而且也不想知道。我沒有把出現在心中的反駁說出口，直接將它壓了回去。為了讓自己激動的情緒平靜下來，我做了幾個深呼吸。要冷靜，快成熟一點吧。現在把自己的煩躁感發洩在他們兩人身上，也是於事無補。

照這樣看來，那個蹲在家的繭居族似乎不會走出房間，只要我們不主動靠近，就不會跟他扯上關係。也就是說，只要不去靠近房間就不會有事。而且這樣也有助我的精神穩定，把那傢伙和委託切割開來吧。我一邊看著那扇緊緊密合、沒有分開跡象的紙門，一邊這樣告訴自己。

為了進行作業而回到和室的時候，我發現榻榻米上已經鋪滿了報紙，揚羽他們則是坐在報紙上面，和早瀨女士一起悠閒地喝著茶。

「你們見到那孩子了嗎？」

早瀨女士看到我們回來，有點擔心地問道。「有的。」環小姐一回答，早瀨女士的嘴角立刻安心地微微揚起。

「太好了。有時候不管我怎麼叫，他都不願意出來啊。」

原來那傢伙不只是看起來像，實際上也是真正的繭居族啊。話說不要讓早瀨女士這麼擔心可以嗎！我又開始火大起來。這樣不行，要保持平常心、平常心。

「來，三位也請喝杯茶吧。」

早瀨女士先把茶杯放在我們面前，最後才遞給了環小姐。

「妳就是環小姐吧。雙葉只有告訴我，今天他認識的一個裱褙師會過來。年紀比我想像中要年輕很多，真是讓人驚訝啊。」

「雖然不知道雙葉是怎麼說的，不過我其實並沒有那麼年輕。」

「哎呀，是這樣嗎？」

聽到她們這段對話，我們只能露出含糊不清的笑容。畢竟不能說出環小姐的實際年齡啊。

「剛剛雙葉說，需要重貼格子門和紙的地方是南側的客房，還有早瀨女士的房間。」

「這樣呀。客房在這邊，而我的房間則是在這裡面，在雙葉的房間更過去一點的地方。之後再幫各位帶路。」

我看向預定要重貼的格子門。格子門上的和紙並沒有破損，而且非常潔白乾淨，幾乎讓人懷疑真的有必要重貼嗎？

「我知道了。那麼，可以先跟您借用一下自來水嗎？然後，有些作業希望能在住家之外進行，請問有空間嗎？」

「既然這樣，這扇格子門後面就是庭園，就請自由使用吧。水龍頭在這個位置。」

「揚羽、櫻汰，你們和早瀨女士一起過去，然後提一桶水過來。」

環小姐把水桶交給他們，三人隨後離開房間。

「那麼，馬上開始動手吧。」

環小姐起身，雙手抓住了格子門，反覆地左右移動。

「結構似乎還不錯，看來並不需要調整。」

然後她將格子門完全打開——發出一聲驚嘆。

「喔～這還真是一座壯觀的庭園啊。」

如同環小姐所說，格子門後面是一大片如畫般的日式庭園。枝幹粗壯的高大松樹以及雄偉的庭石和石燈籠，小巧的池塘上甚至還搭起了橋。瞿麥花、杜鵑花、芍藥花等各種花朵爭相怒放，與五月的明亮翠綠相互輝映，非常動人而華麗。只看一眼，就能知道這是一座經過精心整頓的庭園。可能灑過一些水吧，葉子上面反射著陽光的水珠不斷閃爍，還有清爽的涼風徐徐吹來，正好證明了眼前這座庭園並不是照片，也不是圖畫。

我們真的可以在這種地方進行作業嗎？會不會不小心弄斷了樹枝之類的？我有點不安起來。

環小姐走到格子門外面的外廊，我原本以為她正在欣賞庭園，結果她卻一個轉身回頭。

「洸之介、阿樹、兵助，幫忙把這幾扇格子門拆下來搬到庭園裡，小心不要傷到門了。」

依照環小姐的指示，我們把四扇格子門拆了下來搬到外面，並靠在外廊上。

「水來囉！」

揚羽和櫻汰也剛好在這個時候回來。環小姐接過裝滿水的水桶，拿出了她從店裡帶過來的布，放進水桶裡。她輕輕擰乾之後，彷彿撫摸著格子門的方框般逐步沾濕。利用這個步驟，讓漿糊變得比較容易撕開。當我佩服地看著環小姐的作業手法時，背後突然被人猛力一拍。

「發什麼呆？你也要動手做啊。」

從揚羽手中接過濕布後，我也開始有樣學樣地模仿起環小姐的動作。身旁正在進行相同作業的櫻汰，漸漸露出了小學生常見的好奇眼神，朝著環小姐看了過去。

「環，我可以戳破格子門上的和紙嗎？」

看著躍躍欲試的櫻汰，環小姐聳了聳肩。

「和紙破掉的話，會變得比較難撕呢。不過算了，隨便你吧。」

聽到她乾脆地同意後，櫻汰大喊一聲「太棒了！」，隨後立刻用手指戳出好幾個洞。他那個模樣，讓我想起小時候弄破自家和外祖父家的格子門時，被人狠狠責罵的經驗。該怎麼說，格子門這種東西，就是會讓人想要戳出幾個洞來呢，而且這件事情真的很有趣啊。

「那我也要！」

揚羽也開始興高采烈地戳破和紙。

「平常根本沒有機會像這樣盡情戳破格子門啊。」

「說的也是呢。」

我也趁勢用手指戳出幾個洞來。和紙比我想像中更容易戳破，可能是因為太老舊而紙質變得脆弱了吧。

「我以前經常朝著格子門跳過去，看看自己可以跳到多高的地方呢。」

雖然不知道她說的以前是多久以前，不過卻可以輕易想像現出黑貓原形的揚羽朝著格子門飛撲的模樣，同時，還有數不清的貓爪痕跡和大破洞。雖然當事人說的像是休閒運動一樣，不過看在住戶眼中，應該是無法忍受的事情吧。

吸飽水分的和紙，可以輕鬆地從門上剝下來，相信原本就是用易於剝取的稀釋漿糊貼上去的吧。將只剩下木框的門仔細擦拭乾淨之後，就當場充分晾乾。若是不這樣做，好像就沒辦法順利地貼上和紙。

阿樹和兵助先生從早瀨女士的房間裡把其他的格子門搬了過來，所以大家也繼續七手八腳地剝下和紙。而環小姐則是趁這段空檔準備黏貼所需的漿糊。

「接下來就是和紙了。洸之介，把那邊那捲和紙攤開，然後並排放好。必須讓早瀨女士選擇她想要的才行。」

我依照師傅的指示，把那一大捲的和紙攤了開來，並依照類型逐一分類。這裡所有的紙張都是質感非常紮實的和紙，相信應該都是高級品吧。我向環小姐提出這個問題，然後——

「那些全部都是手工製作的楮和紙（註3）啊。因為雙葉說了，希望能用高級一點的格子門專用和紙。」

根據環小姐所說，手工製的楮和紙好像是最高級的格子門專用和紙。好一點的和紙比較堅固，外觀和觸感也比較雅緻。我可以理解，但是負責付錢的人可是早瀨女士耶。那傢伙到底有沒有想過這一點啊？

就在我的煩躁感快要二度爆發的時候，櫻汰把早瀨女士帶了過來。

「哎呀，竟然有這麼多種類，每一種都很美呢。」

「能麻煩您選擇喜歡的和紙嗎？」

早瀨女士仔細觀察每一種和紙之後，和環小姐討論並決定了和紙。

等到木框全部乾透，就用刷毛刷上一層漿糊，然後在上面貼上和紙。之後再把超出木框的和紙裁掉，作業便宣告結束。為了不讓和紙出現皺摺，必須貼得非常緊繃。這個動作相當困難，同時也能展現裱褙師的手藝高明與否。而現在可是有兩位專業的裱褙師在場，貼上和紙的步驟才一眨眼就結束了。

我們一邊小心不要弄破，一邊將完成後的格子門裝回原來的地方。

「感覺似乎比剛剛更亮了一點呢。」

看了看換上新格子門的房間，早瀨女士說出如此感想。誠如她所說，與其說陽光穿過純白和紙照射進來的亮度變強，其實更像是光線量增多了，總之整個房間似乎變亮了不少。之前的和紙也很白，不過畢竟舊了，所以多少有些變色。此外最重要的是，和紙一旦換新，就會有一股振奮的感覺。我沒想到只是重貼和紙，印象竟然會轉變得如此不同。

❖註3：以楮樹的樹皮纖維為原料製作的和紙。

客房處理完畢之後，我們穿過庭園，把其他格子門裝回早瀨女士的房間。這個房間和客房中間，有個相當寬廣的房間，面向外廊的這一側也同樣都是格子門。這邊的格子門不必重新貼過嗎？左右兩邊都已經換成全新的和紙，只有中間看起來舊舊的，感覺有點奇怪。而且看起來也不像是只有這裡特別乾淨，為什麼唯獨跳過這個大房間呢？大可不必刻意跳過，直接依照順序更換下去不就行了嗎？

「這邊不必重貼嗎？」

就在我覺得不可思議，準備伸手碰觸那扇老舊的格子門時——

「不要亂碰！」

雙葉不知道是什麼時候蹦了出來，站在早瀨女士的房門前。

「那邊的格子門不必換。」

或許是之前完全沒注意到他的關係，讓我的內心有些慌亂，我聽了雙葉的命令把手收回來。

「你交代的部分已經全部重新貼好了。拿去，這是請款單。」

「我看就知道了，拿去給志津吧。」

兵助先生依照雙葉的指示，把請款單交給了早瀨女士。早瀨女士從錢包裡拿出來的金額數字相當驚人。沒辦法，畢竟那是相當高級的和紙啊。我看著兵助先生遞出請款單時，突然感受到一股視線。回溯視線的源頭，卻莫名地追溯到一直瞪著我看的雙葉。

「喂。」

雙葉出聲叫我，而我也反瞪回去。

「幹嘛？」

「你是學生吧？放學之後很閒嗎？週末呢？」

這出乎意料的問題讓我大感困惑，差點就不小心回答自己有空。雖然到去年為止是還有空，但我現在是考生，所以沒有太多自由時間。不對，等一下。這時我冷靜了下來，我根本沒有必要回答他的問題吧？

「為什麼我非得告訴你不可？」

「少囉嗦，快點回答！」

我並不是被雙葉強硬的氣勢壓過，而是覺得他好像竭盡全力地發問，感覺自己要是堅持拒答也未免太孩子氣，所以我才心不甘情不願地回答他。

「……星期二和星期四不必去補習，另外星期天也沒有安排考試，比較有時間……所以你問這個是要幹嘛？」

「是嗎。那就下星期再見吧。」

「啊？」

「詳細情形我會再連絡你們。」

雙葉用不帶感情的聲音例行性地回答後，再次走進這個家的走廊深處，大概又回到了剛剛那個房間吧。

「那是什麼意思？」

「就是下星期還有工作委託，到時候再過來的意思。」

雖然揚羽幫忙解說，但我還是猜不透他的用意。呃，現在直接說出來不就行了嗎？

然而猜不透理由的人似乎只有我一個，對於雙葉說的話，其他人一點也不存疑，開始迅速地整理起環境。我一個人站著不動也沒用，所以我也動手把剩下的和紙重新捲起來。啊，對了。我想起了原本想問卻不小心忘記的事情。

「請問那傢伙是什麼妖怪啊？」

「雙葉嗎？」

站在旁邊的環小姐睜大了她的大眼睛，像是說著「什麼啊，你不知道嗎？」然後笑了起來。

「那孩子啊，是座敷童子喔。」

聽到這句話的瞬間，我立刻懷疑自己到底有沒有聽錯。我非常認真地覺得自己的耳朵大概出了問題。那個囂張又蠻橫的繭居族，竟然是一般認為可以為人類帶來幸福的座敷童子？正常人都會覺得那是騙人的吧。座敷童子給人的印象應該是更加坦率、更加年幼，感覺更加單純才對。例如櫻汰，或是之前見過的小杏，才有座敷童子的感覺啊。真要說的話，如果告訴我雙葉是鐮鼬，我反而比較能夠接受。

我非常希望環小姐承認她在開玩笑，不過她一直看著我，彷彿覺得相當有趣似地笑個不停，卻沒有加以否認。咦？難道是真的嗎？

經歷最糟糕的會面、得知最衝擊的事實之後又過了幾天，雙葉再一次對加納裱褙店提出了工作委託。前往早瀨家的日期定在下個星期天，委託內容一樣是更換格子門的和紙。那麼，上次直接一次做完不是比較好嗎？時間充足，而且材料也夠啊。我把我心中的想法老實地告訴環小姐之後，她感慨良多地回答：

「哎，那孩子也是有很多難言之隱。」

「那應該只是任性而已吧？」我又接著說道。而環小姐有點傷腦筋似地歪著頭。

「任性啊……也是有這個可能，不過那也一樣有點複雜啊。」

這次也是集合了同樣的成員，一起坐上兵助先生的車。和上星期一樣，早瀨女士滿臉笑容地迎接我們。一走進屋內，我們立刻把工具搬進上次那個房間，開始準備作業。為了確認工作內容，環小姐再一次前往雙葉的房間，不過我則是留下來幫忙準備，因為我實在不太想見到雙葉。

「來，請喝茶吧。我在附近的日式點心店裡買了羊羹回來，很好吃喔。」

看到早瀨女士放在托盤上拿過來的東西，第一個喊著「哇啊~是羊羹！」然後衝上前去的人是櫻汰，其次則是誠惶誠恐地接過東西的阿樹。

「讓您特地買東西招待我們真是不好意思，謝謝您。」

「不會，上次要是事先知道大家會來，我也一定會準備點心啊。只是雙葉說得實在太突然，所以只能準備茶水，我反而覺得有點不好意思呢。」

由於盛情難卻，我們只好不客氣地吃了起來。製作這份羊羹的日式點心店，似乎是這附近非常有名的店家。早瀨女士已去世的丈夫相當喜歡，所以他們以前經常一起出門購買。她一臉懷念地告訴我們。

吃完羊羹後，揚羽開始啜飲已經變溫的茶，隨後像是突然想到似地開口發問。

「雙葉是什麼時候到這個家裡來的？」

「這個嘛，大概是兩年前左右吧。因為是在外子去世後沒多久。」早瀨女士彷彿想起了當時的狀況，呵呵呵地笑了起來。「當時真的讓我嚇了一跳，因為出門買個東西回來，就發現家裡多了一個年輕男孩。他那個時候的態度實在太光明正大，我一時之間還以為是孫子來了。不過仔細一看才發現不對，那時心裡還想著他到底是誰呀。」

要是家裡突然出現不認識的人，確實會大吃一驚。換作是我，肯定會打電話報警，不過早瀨女士卻沒有這麼做。

「他說自己是座敷童子，很喜歡這個家，決定住在這裡，後來也真的住進了那個房間。」

「沒有偷偷住下，而是光明正大地報上姓名，這的確很像雙葉會做的事啊。」

阿樹苦笑。

應該是因為那傢伙臉皮很厚吧？

「我剛開始不太敢相信，不過後來我也漸漸覺得他說的應該是真的，而且有點高興。因為自從外子過世後，我一直都是一個人住，已經很久沒有在家裡感受到自己以外的人的氣息了。」

的確，獨自一人住在這麼寬廣的家裡，是很寂寞的。可是不管理由為何，沒把那個人趕出去，還讓他留下來的早瀨女士實在太了不起了。

「您的兒子和孫子都沒有回家嗎？」

兵助先生一問，早瀨女士便寂寞地嘆了一口氣。

「兒子偶爾還會回家，但是孫子就很少回來了。到底有多久沒見到面了呢……」

就在房間裡的氣氛變得有點感傷的時候，環小姐回來了。

「這次委託修理的東西，是隔壁大房間的格子門。」

果然沒錯。當初聽到又是更換格子門的和紙時，我就猜想應該是那裡。

「隔壁，所以是這裡囉？」

兵助先生正準備把後面的紙門拉開時，早瀨女士伸手攔住了他。

「這個房間現在已經變成置物間了，堆了很多東西，就算開了這邊的門也走不進去，現在只

能從外廊那一側進出。」

從先前看到的格子門數量來判斷，隔壁房間應該非常大。然而現在入口竟然被堵住，那裡面到底堆放了多少東西啊？

我們依照早瀨女士的指示，繞到外廊去。等環小姐檢查過整體結構之後，再緩緩拆下格子門。分隔外廊和大房間的隔板消失，直接看到房間裡的狀況後，我一句話也說不出來。因為這個房間已經被茶色的紙箱堆滿了，大大小小的紙箱外，分別用麥克筆寫著「玩具」或「衣物」等字樣。這堆箱子高高地疊了起來，還差一點點就要碰到天花板，宛如置身於搬家公司的貨櫃一樣。要是發生地震，這些東西難道不會垮下來嗎？

照情況來看，這些紙箱應該是從屋內走廊方向的紙門附近開始堆積起來的。所以不論是從走廊或隔壁的和室都沒有辦法進出，只能從外廊進入。證據就在於靠近外廊的地方，還有大約半坪左右的空間。

被這堆高高聳立的茶色紙箱山嚇到，並對此感到十分疑惑的人，似乎不只我一個。大家都盯著這些東西看了好一陣子，其中只有環小姐依然保持她個人的步調。

「請問這堆紙箱山是怎麼回事啊？」

「這些東西全部都是我兒子家裡的東西。他們現在住在公寓裡，屋裡好像沒有太多收納空間。這個家不是很大嗎？因為有很多房間無人使用，所以他說希望可以把東西放到這裡來。這裡距離玄關近，又可以從庭園直接搬上來，空間也很寬廣，所以就選定這裡了。」

如果早瀨女士無所謂的話，倒也沒什麼關係，可是我心中暗想這樣真是浪費啊。若是可以從這個大房間裡眺望庭園，一定會是一片壯觀的美景吧。等到我走進大房間，轉頭看向庭園時，這個想法又變得更加強烈。雖然隔壁和室的景觀也很不錯，但是這裡肯定更好。

格子門共有八扇，表示大房間應該是兩間四坪大的房間連接在一起吧。把這些格子門搬到庭園裡之後，我們便依照上次的工作要領進行更換。

作業完成後，雙葉果然也像上次一樣現身了。然而和上次不同的是，早瀨女士一邊說出「大家一起喝茶吧，在這邊等一下喔」把雙葉留了下來，一邊喜孜孜地走進屋子裡。雙葉嘆出一口氣，抓了抓頭，最後仍然像是無可奈何似的，在紙箱牆前一屁股坐下。因為我和他無話可說，也不希望他像上次一樣瞪著我看，所以我悄悄拉開了一點距離。環小姐站在大房間的角落，我本來打算移動到她旁邊去，不過揚羽和櫻汰兩人正和雙葉親暱地聊著天，讓我稍微產生了一點興趣，於是留了下來。

「我聽環小姐說了，聽說你一直在打電動？果然足不出戶的習慣還是沒變啊。」

「你在玩什麼遊戲？好玩嗎？」

「我也不知道好不好玩，只是因為無聊才玩。東西全部都是從這些紙箱裡挖出來的，所以都有年代了，我想應該全是櫻汰沒聽過的東西吧。」

所以才會出現紅白機啊，我懂了。

「這裡很安靜，是棟好房子呢，感覺用來睡午覺正好。」

「你是怎麼找到這裡的？」

櫻汰這麼一問，雙葉就從連帽外套的口袋裡翻出一張紙片，在兩人面前攤開。兵助先生和阿樹也從上方探頭看去。

「啊啊，是這個啊。」

「這是新先生做的吧，這是從哪裡來的？」

「是他本人給我的。」

我本來只有偷聽他們說話，但最後還是敵不過好奇心，走到阿樹旁邊一起偷看雙葉手中的東西。那張紙是類似相撲比賽的位階排名表，但是和相撲位階表不同的是，上面寫的不是相撲選手的名字，而是普通人的姓名和地址。

「啊，早瀨女士的家也在上面呢。」

阿樹指著位階表偏上方的地方。

「那當然啊，我可是看著這張表才來的耶。」

「嗯哼。西日本的橫綱（註4）是三重縣的香取家呀，東日本的生嶋家已經蟬聯四次冠軍了吧？這次再得第一名的話，就可以進入名人堂了呢。」

大家理所當然似地交談，我卻一點也跟不上，只好硬生生地打斷了他們的對話。

「請等一下，這到底是什麼東西啊？」

「你說這個嗎？」

大家全露出了訝異的表情，面面相覷。

「這是住起來很舒服的住家位階表啊。位階表這個說法有點太古老，我曾建議換成排名表，但是製作者在這一方面相當堅持啊。」

「這個每兩年會公布一次。分成東日本和西日本兩個區域，由兩地的『住起來很舒服的住家選定委員會』各自選出住宅，然後進行排名。」

揚羽和阿樹一副再正常不過的樣子說明著，但是詭異的點實在太多了啊！那個「住起來很舒服的住家選定委員會」是什麼東西啊？那群委員很明顯地不是人類，而且也肯定沒有取得這些屋主的同意，全是自己擅自決定的吧？

「我很久以前就想問了，這個『住起來很舒服的標準』是什麼？」

雙手環胸凝視著位階表的兵助先生提問，開口回答的人則是阿樹。

「根據新先生的說法，雖然大多依選定委員的喜好而有所不同，不過基本上是打掃工作做得

❖註4：相撲力士資格的最高等級，亦有冠軍之意。

徹底、乾淨清潔的住家。就算東西多了點，只要有整理整齊就沒問題。」

「乾淨整齊的住家也分成很多種啊，有些房子就像樣品屋一樣。座敷童子的喜好比較偏向哪一種啊？」

面對揚羽的這個問題，雙葉說出了「座敷童子的喜好也各有不同，沒辦法一概而論」這種比較含糊的回答。

「不過基本上只會住在乾淨的家裡，這一點大家都一樣。」

「畢竟大家都說乾淨的家會帶來好運嘛。那雙葉自己的喜好是？」

「多少帶一點生活感，但有確實打掃乾淨的房子。要是東西太少，反而會有點靜不下來。」

我回想起第一天看到的雙葉的房間。雖然有大量的遊戲機和書本，不過都有依照種類與大小排放整齊。做事一板一眼的雙葉一定喜歡早瀨家的房子吧，而且早瀨太太之前也說過打掃就是她的興趣。

「那麼這堆紙箱山也只要堆整齊就行了嗎？」

「我到這個家裡的時候，還沒有這些東西。」

雙葉一臉不滿地把臉撇向別處。也就是說，這堆紙箱山應該是最近才形成的。

揚羽大概是徹底喜歡上這裡的外廊，只見她全身放鬆似地舉高雙手，伸了一個懶腰。

「不過啊，這個國家的人類從以前就非常喜歡排名呢。像是美食店家排名、人氣觀光地排名，從以前就一直進行到現在。到頭來只要是在和平的年代，人類就會做出一樣的事情。」

「店家或是觀光地的排名倒還可以理解，不過這個到底是為了什麼才排名呢？」

「誰知道，是委員長的興趣吧？」

聽到揚羽滿不在乎地回答，我大概是因為心中有點期待，所以瞬間全身無力了起來。因為興趣就做出這種東西，委員長你到底是有多閒啊？

隨後櫻汰又補上了一句。

「我聽說這個排名表在那些會侵入家中居住的妖怪們之間，可是被視為珍寶啊。因為這樣就能輕鬆尋找住家。」

這是住宅情報雜誌嗎？我忍不住在心中吐嘈。

「洸之介，關於這些傢伙的所作所為，最好不要想太多。你只要一想就輸了。」

兵助先生像是早已死心一般拍了拍我的肩膀。這位長年與他們來往的師兄，似乎已經領悟了各式各樣的真理。

身為人類又無法跟上話題的我和兵助先生，只能從遠方愣愣地遙望著大家手拿位階表熱烈討論的樣子。這時，早瀨女士端著茶回來了。她一看到大家吵吵鬧鬧的模樣，便打從心裡開心似地露出笑容說道：「哎呀，大家的感情真好。」

面對庭園的格子門已經全部貼上嶄新的和紙。這麼一來，我們在早瀨家的工作也告一段落。不過凡事有二就有三，我才在猜想那台黑色電話會不會再次響起，結果這個預感立刻漂亮命中。

那一天不必補習，所以我就像平常一樣來到加納裱褙店的和室，和我的師傅，還有揚羽跟櫻汰一起閒聊。這時，一陣響亮的鈴聲，就像是試圖打斷我們的對話一般尖銳地響起，打電話過來的人果然是雙葉。這次的委託不是格子門，而是更換紙拉門的和紙。

「原來紙門也是可以更換和紙啊。」

我還以為做好之後就是一直維持那個樣子了。實際上，我家的紙門也從來沒有加工過，一直都是那個樣子。

「因為貼在上面的和紙會逐漸劣化啊。例如被陽光照太久就會變色，而且也會變髒。」

師傅對我說出了更換的理由。

「這次的委託內容，是起居室和早瀨女士房間裡的紙門。因為全部都是面對走廊的那一側，每天都會開開關關，軌道的結構可能會有問題。如果發生那種狀況，就必須調整一下外框了。」

「我之前有看過！就是拿鋸子鋸掉部分木頭，或是補上有高低差的部分對吧！」

櫻汰的這句話讓我嚇了一跳。雖然製作掛軸時的確會用上地桿之類的木材，但我沒想到這種事情竟然也包括在裱褙師的工作範圍裡，原來不只是裁切和紙或布料而已啊。不過話又說回來，雖然知道環小姐的力氣遠比她外表給人的印象還要大，可是以她那雙纖細的手臂，真的有辦法完成這種類似木匠的工作嗎？

「沒問題的。因為負責那一類工作的人是兵助。」

揚羽看透了我的心事，輕聲這麼說道。

「因為紙門的更換作業比格子門更麻煩啊。從位置上來看，就算把紙門搬走，似乎也不必擔心房間裡的狀況被人看光，所以這次會先暫時保管紙門，然後在店裡進行作業。」

「那麼，這次就不需要這麼多人去了吧？」

之前更換格子門的和紙時，我一直以為那是為了讓工作迅速結束，才需要那麼多人一起分工合作。從雙葉的態度來看，我的感覺是儘管大家都是朋友，但他似乎不太喜歡別人進入自己的──那其實也不是他家，而是擅自住進去的──家裡，所以才會希望在短時間內完成工作，而且他的心情一直都很差。然而這一點好像是我誤會了。

「不，這次也要全部的人一起去。」

如同師傅的宣言，第三次的拜訪依然是一大群人直接找上門，不過屋主早瀨女士仍以親切的笑容迎接我們，而且這次她也為我們準備了知名蛋糕店的蛋糕。

「不必客氣啦，因為我也很期待呀。」

我雖然感到不好意思，不過也沒辦法拒絕。因為早瀨女士看起來是真的非常開心，實在沒辦法辜負她的這份好意。她應該是那種喜歡招待客人的人吧？雖然可以從她樂在其中的模樣看出這一點，我卻隱約覺得應該不只這個原因。

我站在玄關，張望著一塵不染、閃閃發光的長走廊。雖然走廊非常寬廣潔淨，但是卻空蕩蕩的，沒有人的氣息。她到底是以何種心情住在這棟寂靜無比的房子裡呢？儘管知道雙葉現在住在這裡，她並不是孤單一人，可是那傢伙是個繭居族，根本不會從房間裡出來。這樣反而讓我擔心早瀨女士現在如此開朗，會不會是出於平日的寂寞之情？

我們把這次委託的起居室紙門拆了下來，搬進兵助先生的車子裡。這個工作是由壯丁負責，雖然櫻汰堅持自己也是個男人，想要一起加入，不過我們還是勸他打消這個念頭。櫻汰的確比一年前長高不少，可是要想搬動大型紙門還是有點力不從心。

接著我們又走進早瀨女士的房間，拆下紙門後，隨即發現這裡和隔壁大房間隔開的門也是紙門。這一側可以放置不管嗎？不過我轉念一想，紙門一旦拆下來，裡面的紙箱山就會看得一清二楚，與其這樣還不如保持現況吧。

「這扇紙門很不錯呢，用了很棒的和紙，手工也很細膩。」

把東西搬上車時，兵助先生一邊摸著紙門一邊感動地說道。

「紙門也有分好壞嗎？」

「因為最近的紙門構造太精簡了啊。不僅幾乎沒有貼底紙，過分一點的不是貼和紙或布料，而是貼上厚紙板。不過外表看不出來呀，如果沒有把東西拆開來看，一般人就沒辦法知道裡面是用什麼東西做的吧？」

兵助先生確認紙門已經放好之後，關上了車門。

「最近委託更換紙門和紙的工作量也變少了，因為紙門這種東西，就算髒了也無所謂吧？只要還可以拉開或關上就好，而且站在屋外也幾乎看不見。只要客人進出的起居室紙門不要太糟糕，其他就只給自家人看而已。」

我覺得好像可以理解。就算會灌風漏雨，只要沒有對生活造成太大的妨礙，一般人的確不會立刻送去修理。如果只是弄髒，也會覺得算了別管它，之後再說就好了。

「現在到處都是用過即丟的東西，花費時間精力製作的紙門已經逐漸減少，幾乎都快看不到了。所以現在還能看到這種紙門，感覺真的很高興啊。」

說出這番話的兵助先生，他的眼睛和之前在雙葉的房間裡看著紙門的環小姐，有種莫名的相似。因為他們是同行，才擁有相同的想法也說不定。另外，也有可能是因為他們是師徒。

至於早瀨家，我猜想有花費功夫的地方應該不只紙門，整棟房子大概都是如此吧。不論走廊或房間，到處都是一塵不染，應該是因為早瀨女士每天都有仔細打掃。此外，那座庭園也是如此，看不見雜草和枯葉，樹木也都一直維持著漂亮的形狀。早瀨女士一個人應該做不來這些事，所以有請園藝師過來打理吧。維持庭園美觀這件事情其實意外地花錢，想到這一點，我就覺得能夠做到這件事，表示早瀨家應該很有錢吧，而且每次端出來的茶點也全都是高級品。

回到起居室，我發現環小姐和早瀨女士正一起看著一本厚重的書，那是紙門的型錄吧。另一方面，雙葉則露出一副無聊的表情，坐在起居室的角落。

「嗯，那就選這個吧，起居室的紙門就麻煩妳用這一種了。雙葉，這樣可以嗎？」

「都沒差吧？」

雙葉不感興趣地、漫不經心地這麼回答。

「我知道了。那麼兩邊紙門的和紙都選用本鳥子和紙（❖註5）。」

「嗯，那就麻煩妳了。大家似乎也都回來了，就一起喝杯茶吧。」

「我也要幫忙！志津阿姨，今天就在外廊喝茶吧！」

櫻汰精力充沛地舉手發表意見。原本我還因為他為什麼突然提出這個建議而感到奇怪，隨後才知道庭園的池塘裡好像有烏龜，而他想要去看看。這一方面倒是挺像小學生。

單靠外廊的空間沒有辦法容納這麼多人，所以一走出外廊，我便打開了之前剛翻新的大房間的格子門。看到大房間內部的瞬間，我就有一股不對勁的感覺。房間裡昏暗的氣氛，還有成堆的紙箱山都沒有任何變化，但就是覺得跟上次不太一樣。

隨後我便發現了。房間裡還能看見榻榻米、沒有堆東西的地方，變得比上次還要狹窄。

「前幾天我的兒子回來，又放了一些東西就回去了。」

發現我一直凝視著榻榻米的早瀨女士有點頭痛似地嘆了口氣。

「這個房間很快就要被裝滿了呢。」

「是啊。雖然我有告訴他，不要的東西就丟掉，可是他覺得這些東西總有一天會派上用場，始終不肯讓步。他還說反正這裡有很多空房間，搬去其他地方放就好。不過，就算他只是回來放個東西，只要能夠看到他的臉，就比以前要好太多了。」

「您的孩子以前不常回家嗎？」

「兒子和外子的關係從以前就一直不太好，可能是因為個性相似吧。不過自從搬來這裡，兩人似乎都變得比較圓滑，所以他有時會帶著媳婦和孫子回來露個臉，只是最近又很少過來了。」

早瀨女士提到她的家人時，看起來非常寂寞。當我心想必須快點改變話題時，雙葉獨自站在外廊的身影，映入我的眼簾。他一直凝視著我們這裡，然而並不是像之前那般不屑地瞪視，而是帶著有點心酸、有點難過似的眼神。

「哎呀，真是的。我怎麼說起這個來了。來吧，一起吃蛋糕吧。你們想吃哪一個呢？」

我把視線從雙葉身上移開，順著早瀨女士的催促，探頭看向滿盒的蛋糕。雙葉也被早瀨女士叫了過來，他慢吞吞地走近。他這時的態度又恢復成平常那種滿臉不高興的樣子，所以剛剛那個應該是我誤會或是看錯了吧。我在腦中暗自幫剛剛的狀況下了結論。

❖註5：堪稱手工和紙之王的最高級和紙，表面光滑又富有光澤，常使用在國寶級的紙門上。

就在吃完盒子裡的蛋糕，大家都在喝茶休息的時候，注視著庭園的環小姐突然輕聲說道。

「真是壯觀的庭園啊。」

受到環小姐大力稱讚的這座庭園裡，櫻汰、揚羽和兵助先生正張望著水池，想把烏龜找出來。當中還夾雜著雙葉的身影，他是被揚羽半強迫地拖出來的。理由是他一直躲在房間裡，肯定沒有機會曬到太陽。雙葉剛開始還不太願意，但是在早瀨女士莫名積極「這可是你朋友提出的邀請啊」的勸說下，雖然不滿，卻還是乖乖地走去了庭園。那完全就是孫子和祖母之間才會發生的狀況，有點令人會心一笑的感覺。

「謝謝妳的誇獎。這座庭園是外子生前整理起來的，之前住在這裡的屋主一直都是單身，光是屋內的打掃工作似乎就應付不來，就放任庭園荒蕪。當初剛買下這棟房子的時候，庭園裡全部都是雜草，樹木的枝椏也長得亂七八糟。雖然很費功夫，不過外子當時看起來相當開心，退休之後，養花蒔草就像是變成他的生存價值一樣。」

早瀨女士彷彿相當懷念似地瞇起眼睛，眺望著百花爭放的庭園。對早瀨女士來說，這座丈夫生前相當珍惜的庭園，肯定充滿許多重要的回憶，是她的寶物吧。

「現在看起來也有經過精心保養，非常漂亮呢。」

「因為有請園藝師定期過來修剪整理啊。」

「那樣應該很辛苦吧？例如費用之類的。」

阿樹不小心說出了率直的感想，而早瀨女士似乎覺得很有趣似地呵呵笑了起來。

「嗯，的確沒錯。我之前並沒有多少積蓄，就算想請園藝師過來保養庭園，也實在沒那個能耐，所以放棄過一陣子。可是啊，只要我一想到差不多該整理庭園的時候，雙葉就會叫我去買彩券，只要買回來就一定會中獎。金額雖然不多，但是拿來付給園藝師卻是綽綽有餘。」

因為他的形象實在差太多，所以我偶爾會不小心忘記，雙葉是座敷童子啊。原來如此，他的力量的確無庸置疑，而且有點意外的是他善用這份力量的目的似乎是為了早瀨女士。看來他並不只是擅自住進來吃閒飯而已。

「這很讓人感激沒錯，不過我和雙葉兩個人實在不需要這麼多錢，所以多出來的部分，我都交給了我的兒子和媳婦。他們應該會更有效地運用那些錢，而且我也想給孫子一些零用錢。」

這樣似乎有點浪費的感覺，不過早瀨女士似乎對此非常滿足，所以我什麼話也說不出口。

「烏龜在這裡！」

櫻汰朝著我們用力揮手，興奮地大叫。看來他應該是找到了他想找的烏龜，所有人不約而同地朝池塘裡看去。至於雙葉，可能是因為長年獨自躲在房間裡的關係，在人群之中的他看起來有點不太自在。

這時，一直眺望著庭園的環小姐轉身抬頭看向紙箱山，然後輕聲吐出一句「原來如此」。

要幫紙門更換和紙，首先第一步就是把包圍在四周的木框取下。接著再把凹陷的圓形把手拆下來，小心剝掉紙門的和紙以及貼在下層的底紙。

紙門是由叫做「骨格」的木製方格和多張和紙組合而成。貼底紙的步驟大致如下：首先是骨縛貼，為了避免做為基礎的骨格歪掉而直接貼和紙在骨格上；然後依序是蓑疊貼、蓋疊貼（全貼）、袋疊貼（空心貼），如此重複貼上多張和紙（❖註6）。這個貼底紙動作的次數越多，紙門的價格就越高。至於更換紙門的和紙時，則是只把貼底紙的最終步驟袋疊貼，以及最上層的表紙撕下來，其他的底紙只需要在出現破洞的地方稍加修復即可。據說是因為一開始貼上了相當強韌的和紙固定，所以一旦剝掉，骨格就有可能會歪斜。

「以前啊，會把用過的帳冊拆開，當成底紙使用。所以像現在這樣剝掉幾層之後，偶爾會看到和紙上出現了滿滿的毛筆字。」

回到店裡，環小姐看到了被大家剝去表紙的紙門後，加進了這一句解說。所謂帳冊，好像就是現代人所說的家計本，也就是用來記錄收支的帳簿。

袋疊貼的步驟就是貼上較薄的和紙，在紙張的四邊塗上漿糊，稍微重疊似地貼上去。這麼一來，和紙當中就會有空氣進入，然後紙門會有微微膨脹的感覺。這個步驟是因人而異，可以只貼一次，或是重複兩次。

等到漿糊乾透，就能在最外層貼上表紙。先在早瀨女士選擇的和紙上完整塗上一層薄薄的漿糊，然後小心不讓它出現皺摺，慢慢地貼上去。這裡使用的漿糊黏度非常重要，若是太黏，紙門會被紙張拉扯而彎曲，甚至可能造成紙門關不起來。這個部分的調整作業困難，需要相當的技術。最後再把外框裝回去就大功告成。

我今天第一次知道，平常根本不會多加留意的紙門，竟然需要這麼多道複雜的手續。兵助先生說得沒錯，光看外表根本不知道裡面是什麼樣子。根據環小姐的說法，因為紙門必須使用大量和紙重複貼製才能完成，所以過去價格相當高昂，平民根本買不起。可是紙門除了隔間作用之外，還擁有阻隔聲音、調節濕度的功能，是非常符合日本風土條件的優秀建材。環小姐一副懷念過往的樣子說道。

「能夠一直使用至今的東西，都是有其理由的。」

我的師傅輕輕說出這句話，她的側臉看起來令人印象深刻，深深地烙印在我的腦海裡。時代改變，價值觀也改變，以前被視為理所當然的東西，如今一個接著一個地消失。那張側臉彷彿流露出這是無可奈何之事，卻又覺得相當遺憾的感覺，看起來非常哀傷。

「下個星期會再把東西送回早瀨女士的家，不過洸之介應該要考試吧？可以不必勉強喔。」

❖註6：蓑疊貼為只在和紙上半部塗上漿糊，重複貼上多張和紙，因完成的外型像蓑衣蟲的巢而得其名；蓋疊貼是為了固定蓑疊貼的紙張，而在上面覆蓋一層和紙；袋疊貼，則是在和紙的周圍塗上漿糊，以彷彿空心袋狀的方式貼上和紙。

環小姐體貼地這麼說，不過我還是決定這次也要一起去。在這段埋首用功的期間，前往早瀨女士家是個很不錯的偷閒機會。而且只是把紙門送回去而已，應該不會花上太多時間吧。

「另外，我猜之後應該不會委託了，所以這次可能是最後一次拜訪早瀨女士也說不定。」

聽到我的推測，環小姐只含糊地笑了笑，不表同意。

「總不會還有東西要委託吧？」

雖然我試著問了出口，但是自己也沒辦法完全否定。可是為什麼要這樣一點一點地提出委託呢？我不懂雙葉這麼做的理由。一開始就全部說出來不是比較好嗎？

「哎，總而言之，如果你可以一起去的話，那就這麼辦吧。雙葉也會很開心的。」

聽到這句話時，我想我臉上的表情一定很奇怪。那傢伙會很開心？平常總是板著一張臉的那個雙葉嗎？我以為環小姐是在開玩笑，但是她臉上平靜的笑容卻沒有這種感覺，讓我的心裡非常混亂。

陰雨天持續了好些日子，人人都說馬上就要進入梅雨季節。然而到了星期天，天氣卻晴朗得像是黃金週連假時一樣，可說是最適合搬運紙門的時機。我們踩在依然殘留著水氣的石版上，小心翼翼地不要傷到剛換完和紙的紙門，然後把紙門搬進早瀨家。將紙門安裝在起居室和早瀨女士的房間，確認紙門能夠順暢開闔之後，今天的工作便大功告成，全部只花了短短十分鐘的時間。

「今天我準備了皐月堂的銅鑼燒喔。啊，或者大家比較喜歡蜂蜜蛋糕？」

面對早瀨女士親切和藹的邀請，我們實在無法拒絕，只能再次陪她一起坐了下來。儘管明知道在座敷童子威力的加持之下，這點東西絕不會對早瀨家的家計造成多大的影響，可是看到她再三拿出高級甜點招待我們，身為庶民的我真的有點慌張起來了。這些錢明明可以用在其他地方呀。可是這麼一來，錢大概就會流到她兒子那邊去吧？這樣同樣不太妥當啊。我覺得有點煩悶，心情十分複雜。

我一邊在腦中暗自想著這些事情，一邊坐在起居室裡和大家一起閒聊。這時紙門突然被打開，雙葉走了進來。

「結束了嗎？」

你剛剛打開的紙門就是我們帶過來的，只要看就知道了吧？我差點把這句話說出口，不過最後還是強壓了下去。環小姐回答「如你所見，已經完成囉」之後，雙葉彷彿高高在上似地回應了一聲「這樣呀」。

「雙葉也來喝杯茶吧？我現在就去拿你的杯子過來。」

早瀨女士非常開心地提出邀請，可是雙葉卻二話不說地拒絕了。

「不必了。」

「可是，你的朋友難得過來拜訪呀。」

「別管這個了。關於下一次的工作內容……」

雙葉直接忽視早瀨女士的提議，轉身看向環小姐，自顧自地說著下一次的委託內容。

什麼叫做別管這個啊？早瀨女士都開口邀請了，你根本不該擺出這種態度吧！而且這次又只是一小部分的工作嗎！

我心中的煩躁已經登上最高點，再也沒有辦法保持平常心。你給我差不多一點！就在我準備吼出這句話的時候——

「雙葉。」

環小姐像是打斷雙葉的話一般，喊了他的名字。她的眼睛筆直地凝視著雙葉。啊啊，我曾看過她的那個眼神。那是我在有點迷惘，或是有點煩惱的時候見過的，宛如看穿一切的眼神。面對這個眼神，雙葉似乎有點手足無措起來。

「應該已經夠了吧？」

環小姐忽然微微一笑，對雙葉這麼說道。

雙葉皺起眉頭，做出彷彿陷入沉思般的動作。最後，他終於像是放棄似地呼出一口長氣。

「跟我來。」

由於雙葉一說完便走出了走廊，所以我們也匆匆忙忙地跟了上去。雙葉走到外廊，在那間大房間之前停了下來，有點猶豫似地做了一個深呼吸，然後打開格子門。堆積如山的紙箱一如往常地擋住所有的去路，雙葉默默地搬起了其中一個箱子，移到外廊上，然後不斷反覆做著同樣的動作。他到底在幹嘛？當我正在狐疑的時候——

「站著做什麼？你們也要幫忙呀。」

環小姐出言催促，所以我們也跟著加入了雙葉的行動。

看到雙葉莫名其妙的行動，屋主早瀨女士似乎感到相當困惑，不過揚羽拉著她說了一些話，幫忙打圓場。

將一定數量的紙箱移到外廊之後，剩下的部分便漸漸堆到庭園裡去了。搬運紙箱的途中，我發現雙葉並不是一個勁地亂搬。看來他是打算把外廊的正對面，也就是面對屋內走廊的紙門附近清出一個空間來。

等到終於搬完，雙葉默默無言地站在那個空蕩蕩的空間裡。他到底在做什麼？我朝他走近，順著他的視線看去，隨後倒吸了一口氣。

「嗚哇，好棒。」

共有兩個房間的寬度、總計八扇的紙門上，畫著非常精緻的圖畫。那是纖細卻又強而有力的、數不清的竹子，看來主題應該是茂密的竹林。彷彿試圖融入在那一片深綠色當中的東西，是竹筍。舉凡剛從泥土中露出頭來的嫩芽，以至絲毫不遜於周圍的已長成的竹子，各種姿態應有盡有。此外在竹子根部附近，還有幾隻看似隨時都會動起來一般栩栩如生，充滿躍動感的大雞和小雞。大雞的鮮紅雞冠，還有小雞毛絨絨的黃色羽毛，全都畫得極為細膩，讓人感受到如同生物的生命力一般的氣息。

「這是……」

「是紙門繪吧。」

不知何時出現在旁邊的環小姐宛如讚嘆般地說道。我一直以為紙門繪這種東西只會出現在能夠刊登在教科書的知名大城或寺廟裡。為什麼會出現在這種民宅呢？不對，這棟房子也相當氣派，就算有也不奇怪。

當我一直望著眼前這幅紙門繪，心裡漸漸出現了一種奇怪的感覺。胸口亂哄哄的，靜不下來，很想盡快離開這個地方。我對這個感覺有印象，這是——思念。有思念附著在這幅畫上。

在我發現這件事的同時，竹林當中像是有陣強風吹過一般，竹子開始左右擺動，大雞小雞也開始揮著翅膀鼓譟起來。隨後風聲更是呼呼作響，逐漸增強，竹子的擺動也更趨激烈。我們已經習慣了這個狀況，不過早瀨女士應該是第一次看到附著思念的圖畫，她相當害怕似地發出了小小的慘叫。

「早瀨女士，這幅紙門繪從以前就一直在這裡嗎？」

環小姐應該早就注意到這股思念了吧。我的師傅絲毫不見動搖，朝著早瀨女士發問。

早瀨女士的臉色不太好，但她還是藏起了這份畏懼，勇敢地回答。

「是、是的。聽說是這棟房子的前屋主畫的。他年輕時立志成為畫家，但是後來因為繼承家業的關係，所以放棄了。」

能夠畫出這麼驚人的圖畫，想必他放棄的時候一定非常不甘心吧。

「您之前好像有說過，前屋主一直都是孤身一人吧？」

「據說他有個妻子，但是沒有小孩。妻子早逝之後，他就一直都是孤單一人。這棟房子是從前屋主的遠親手上買到的，當時對方就這麼告訴我們。」

「是嗎。這幅畫的主題應該是……家人吧。」

雙葉的身體微微一震，出現了些許反應。

「竹子和竹筍的成長速度非常快，所以擁有多子多孫的意思。至於雞則是因為多產，所以和生子結合在一起。相信這幅畫的作者應該對於家人有著強烈的思念吧。因為自己沒有所以產生了憧憬，而他的思念就附著在這幅畫上。」

「這不是鬧鬼之類的東西吧？」

環小姐搖頭，為了讓早瀨女士放心下來似地迅速加以否定。

「不，並不是。只是作者的思緒被封閉在畫中，然後殘留下來而已。而且這也只是對於家人的憧憬，不是什麼邪惡的思念。」

早瀨女士用她充滿不安的雙眼朝著雙葉看去，對方則是點了點頭，肯定著環小姐的說明。

「只不過因為那個洞的關係，原本的流向出現改變，思念的性質似乎也因此有了變化。」

環小姐輕輕指向紙門繪的最右邊。因為房間太暗所以一直沒注意到，不過那裡的確破了一個大洞。別說是畫著圖畫的最上層的和紙，甚至還可以看到底紙和最裡面的骨格。

「我想弄出這個破洞的人，應該是您的兒子吧。可能是他在搬運紙箱時不小心弄破的。」

「哎呀，是嗎？我都沒有發現啊。」

弄破了這麼精美的美術作品，她的兒子可能也說不出口吧。

「雙葉，只要把這扇紙門修好就行了吧？」

「早瀨女士，只要修補好那個破洞，這幅紙門繪就不會再動起來了喔。」

環小姐詢問，而雙葉一語不發地點頭。

「真的嗎？」

早瀨女士的表情瞬間亮了起來。

「嗯。只是這次不是重貼紙門，而是修復，所需的時間會比前幾次更久，請問可以嗎？」

「沒有關係的，那就麻煩妳了。」

「我知道了。兵助、阿樹，把那扇破掉的紙門搬回去吧。然後……」

環小姐開始俐落地做出指示。就像是暫時停止的時間突然開始流動，我們不約而同地展開各自的工作。

當中只有一個人，只有雙葉像是被釘在原地一般，完全沒有任何動作。

將紙門搬到車上的途中，我發現師傅並不在現場，為了找她，我比大家更早一步回到大房間。紙箱山後面的外廊上，可以看到環小姐和坐在紙箱上的雙葉。不知是因為他沒有表現出平常那種桀敖不馴的態度，還是因為他有點彎腰駝背的關係，總之雙葉的背影看起來比平常小了一圈，就像一個普通的國中生。

可能是發現到我，環小姐在我出聲之前先回過頭來。

「搬好了嗎？」

「是的，搬好了。」

環小姐只回了一句「是嗎」，然後再次轉身看向雙葉，用平常的口氣說道。

「雙葉，你早就發現了吧？發現那幅紙門繪的思念，還有破洞之後思念的性質出現變化，從對於家人的憧憬變成了完全相反的——厭惡之情。另外也發現它對早瀨家產生了影響，對吧？」

沉默了一陣子之後，雙葉總算放棄似地開口。

「大概在黃金週結束後不久，志津的兒子打電話回來，說他今年盂蘭盆節（❖註7）要去國外

❖註7：相當於中元節，約在七、八月，會放假一週左右，大多數人都會利用假期返鄉團聚或祭祖。

旅行，所以不會回來了。」

雙葉沒有抬頭，小聲補上一句：「為什麼要在那個熱死人的季節到南方島嶼旅行啊？我真搞不懂。」

「結果她就開始沮喪起來了。哎，這也是理所當然的。因為她相信兒子之前的說詞，說什麼黃金週沒辦法過去，不過盂蘭盆節一定會回去露臉之類的。以前……我剛住進這個家的時候，她的家人經常回來這裡。那個時候相當熱鬧，志津看起來也是真的非常開心。所以當她的兒子開始在大房間裡堆東西時，我也覺得沒什麼關係。雖然這些東西實在跟這棟房子一點也不搭，我很不喜歡，不過也就算了。我本來是這麼想的，可是等到那扇紙門破掉，情況就完全不一樣了，他們再也沒有接近過這個家。」

雙葉的口氣隱含著怒火。很明顯地，他對早瀨女士家人的態度並不友善。

「她生存的意義，就是守護這棟老爺爺非常珍惜的房子，尤其是那座庭園。家人方面的問題我幫不上忙，但是庭園倒還可以。這麼寬廣的庭園，一個人沒辦法整理吧？所以我才叫她去買彩券。只要有我在，她一定會中獎，這麼一來就可以請園藝師過來了。至於剩下的錢，她明明可以用在自己身上，卻說要拿給兒子他們。我也沒有特別反對，因為我有點期待她的兒子收下錢之後會過來道謝，順便露個臉。就算那扇紙門造成了影響，這點小事應該還是辦得到吧。可是一切都沒變，不對，應該是變得更糟糕了。」

據說她的兒子用早瀨女士給的錢，只要碰上休假就會帶著家人出門旅行，最後反而越來越少接近這棟房子。而且每去一個地方，雜物就會增加，等到公寓放不下後，又全部搬到這裡。兒子來訪的目的，不再是探望早瀨女士，而是把雜物搬過來，其他時間更是連接近都不願意。

「志津一個人住在這棟房子裡……這裡可不是倉庫啊。」

雙葉像是再也按捺不住憤慨，憤憤不平地說道。

我可以理解雙葉的憤怒。可是，既然知道附著在紙門繪上的思念，就是兒子一家人不再接近這裡的主因，大可不必採用這麼迂迴的手段吧？

「為什麼不直接說問題就在紙門繪上？」

我一點出這個問題，雙葉立刻豎起了眉毛，大喊起來。

「因為這樣不是很讓人不甘心嗎！我當然知道那些傢伙都是因為那幅紙門繪才不再回來。可是他明明是家人、明明受到志津許多照顧，卻不願意過來說一聲謝謝，那傢伙對志津的感情竟然只有這點程度而已嗎！竟然會輸給那扇紙門上的思念嗎！一想到這裡，我就覺得快要氣炸了，一點也不想讓那種人走進志津細心保護的這棟房子裡。」

「可是，你是因為不想再看到早瀨女士這麼寂寞，所以才叫我們過來吧？」

環小姐的質問似乎正中核心，雙葉瞬間說不出話來。

「而且委託條件是盡可能多來一些人，這應該也是為了早瀨女士吧？」

「……我覺得熱鬧一點，志津應該會比較開心。實際上她也真的很開心，因為她喜歡照顧別人，所以每次大家回去之後，她總是說著希望大家能夠再來、不知道下次什麼時候會來之類的，真的非常期待的樣子。」

至此我終於知道，他為什麼要分這麼多次委託了。這一切全都是為了早瀨女士。

「而且我也覺得很對不起她。雖然我不是有意的，可是她兒子一家人之所以會越來越遠離這個家，都是因為我的所作所為……」

當初為了實現早瀨女士守護庭園的願望而做出的事情，卻在繞了一圈之後，助長了她的寂寞。對這個惡性循環的後悔之意，還有對自己的一無是處與懊悔，讓雙葉無法理清自己的心情，所以才一直說不出紙門那件事。

「我是真的覺得總有一天非說不可，因為委託不可能一直持續下去，大家也不可能每個星期都來吧？而且我也知道，等到那扇紙門修理好之後，她的兒子又會繼續過來探望她。」

「就像紙門破掉之前一樣吧。」

環小姐補上這句話。

之前早瀨女士好像有說過，她的先生和兒子因為個性不合，很少見面，但是自從搬到這個家，兒子就開始經常來訪了。這也是因為那幅紙門繪對家人的憧憬之情，所帶來的影響嗎？

雙葉看向那座打理得完美無瑕的日式庭園。他的表情，讓我覺得他眼中所看到的東西並不是眼前的庭園，而是更加遙遠的地方。

「雖然我待在這個家，但畢竟還是敵不過真正的家人……她的兒子和孫子好像都很喜歡打電動，當我也在房間裡玩的時候，志津就一臉懷念地笑了。剛開始只是為了打發時間才玩的，可是她似乎覺得很開心，所以我沒辦法停下來。可是不管怎麼樣，我都只是個冒牌貨而已啊……」

雙葉有點苛責自己似地，寂寞地皺起了臉。

真的是這樣嗎？我沒有辦法將雙葉說的話照單全收。

早瀨女士看著雙葉的眼神，就像是守護著自己的孫子一樣，非常溫柔。

如同雙葉所說，早瀨女士很高興我們能過來。那的確是真的。不過我當初老是覺得應該不只如此，而現在終於知道原因了。原本模糊不清的疑問瞬間凝結成形，輪廓也變得清晰可見。

早瀨女士之所以會這麼歡迎我們，與其說是為了客人來訪而高興，其實更像是因為雙葉——孫子的朋友來訪，才這麼開心。他平常總是躲在房間裡打電動，根本誰也不理，所以早瀨女士可能相當擔心也說不定。

兩人之間的距離明明這麼近，但是他卻不知道嗎？

即便如此，他仍然堅持自己只是個冒牌貨嗎？

出現類似想法的人似乎不只我一個，環小姐也露出了無奈的表情，說著「你真的很不了解自己呢」。

「這一點跟以前一模一樣。這次也是因為放心不下早瀨女士，所以才現身的吧？」

雙葉有點不自在地抓了抓頭。

「咦？請問那是什麼意思？」

「座敷童子本來就不會在人類面前現身。偷偷住下來，不讓人類發現，那才是座敷童子的習性。正常來說，他們不會和人類扯上關係，更別說是一起聊天或是吃飯。」

「那麼，為什麼雙葉會這麼正大光明地現身呢？」

「因為雙葉的個性就是會放不下獨自生活、看起來非常寂寞的老人家啊。」

聽到面帶苦笑的環小姐說出這句完全出乎意料的話，我有點說不出話來。我轉頭看向雙葉，他雖然露出了為難的表情，卻沒有否認環小姐這番話的跡象。也就是說，環小姐說的是事實。

而這也就是說，看來我一直都只有看到雙葉的一小部分而已。

原本以為他只是個囂張的繭居族，但實際上卻是個內心纖細而溫柔的座敷童子。只是很難看出來，而且相～當地難以察覺。

現在我總算知道，為什麼大家都願意毫無怨言地接下雙葉這個奇特的委託。另外我之前雖然無法同意，不過兵助先生的評價也確實是正確的。

「……你這傢伙真的是個不錯的人啊。」

我認真地說出這句話之後，雙葉連耳朵都紅了起來。然後他裝出冷淡的模樣，惡狠狠地回答

「少囉嗦」。看來他的毒舌和冷漠並不是出自於他的個性，只是單純地為了掩飾自己的害羞吧。

真是不坦率啊。我心想。哎呀，如果他更坦率一點，大可不必繞這麼大的圈子，就可以讓事情發展得更順利吧。

我再也忍俊不住，噗哧一聲笑了出來。雙葉立刻瞪著我，可是他的臉仍然一片通紅，半點魄力也沒有，我和環小姐更是忍不住放聲大笑。

之後，我們開始有事沒事就到早瀨家拜訪玩耍。站在那個寬廣潔淨的玄關前，早瀨女士依然一如往常地熱烈歡迎我們，不過當中卻出現了一點變化。那就是一直躲在房間裡的座敷童子走了出來，站在早瀨女士的身邊。雙葉還是一樣面無表情，態度冷淡，對早瀨女士說出種種失禮的話，害我差點跟他吵起來。不過坐在一旁看著這一切的早瀨女士，似乎比以前更加開心了。等到紙門繪修復完畢，再次回到這棟宅邸的大房間裡時，她的笑容肯定會變得更加燦爛吧。

第三章

滑頭鬼的故事

在加納裱褙店裡，不存在普通店面一定會有的公休日和營業時間，因為店長環小姐只會在她想開店的時候開店營業。此外，就算店鋪的大門打開，門簾也掛了出來，還是會發生店長外出不在，只留下揚羽或阿樹負責看店的情況。這樣的經營方式實在是隨便到家。

既然是依照店長的心情決定開店與否，那麼難免會碰上來訪時沒開門的情況。不過這也還好，因為很少會有人直接上門委託，所以不會有太大的問題。

店面沒開，基本上就代表著會在這家店出入的成員全都不在家。

他們出門時，一定會把門簾收好，也會確實把門上鎖。儘管巷口有香菸舖的阿婆負責監視，不過最近這裡相當不平靜，實在不知道會發生什麼事。而且環小姐的綾布收藏當中，有很多都是價錢高得嚇人的東西。

六月過了一半，梅雨鋒面滯留多日，那一天也是如此。

在綿綿不絕的雨勢之中，我們每個人各自撐著雨傘，看著環小姐關上店門並上鎖，然後就前往早瀨家拜訪早瀨女士，順便去捉弄一下雙葉。伴手禮是從附近的日式點心店買來的甜點饅頭——環小姐本來想帶漢堡過去，後來我對她說怎麼可以送這麼油膩的東西給老人家，才成功阻止她——可是早瀨女士反過來用了更多的點心招待我們，最後更以他們兩個人吃不完為由，又送給大家一堆土產。嗯～雖然知道這是雙葉的座敷童子威力使然，但我還是覺得拿太多東西了。

總之，最後我們就這樣抱著早瀨女士贈送的土產，一如往常地回到綾櫛小巷。

「咦？門是開的？」

第一個發現不對勁的人是阿樹。在下著雨而不能算是良好的視野當中，我看到大門敞開的加納裱褙店。真奇怪，我們都有看到那扇大門確實上好鎖的樣子，可是為什麼現在是開的呢？而且裡面還開了燈，店門口隱約透出光線。如果是可疑人物擅自闖入，這也未免太光明正大了吧？

「是兵助來了嗎？」

「他有傳簡訊來說他很忙，所以沒空露臉。」

揚羽立刻否定了櫻汰的推論。為了那場展覽的準備工作，兵助先生似乎開始忙碌了起來。因為這個原因，他今天沒有辦法開車接送我們，所以我們是搭了電車再轉乘公車過來。

「既然不是兵助先生，那會是誰呢？」

聽到我代替大家說出了心中的疑問，環小姐把頭歪向一邊。

「說不定是……」

環小姐似乎心裡有數，腳步突然加快。我們也趕緊跟了上去。

來到店門口，環小姐把手中的和傘收好之後，立刻毫不猶豫地走進店裡。「裡面可能有小偷啊，這樣進去沒問題嗎？」我暗自焦急起來。

當我看到了燈火通明的店內光景，身體頓時僵硬起來。

平常放在和室正中央的矮桌已經不見蹤影，取而代之的是一張裝飾繁複、充滿古典風情的圓桌。圓桌周圍則是放著好幾張年代悠久，但是依然充滿質感的椅子。桌上放著畫有精美花卉圖樣的茶杯與茶壺。另外，我記得那個東西應該叫做英式三層盤架，三個疊高的盤子裡，各自放著三明治、司康餅和蛋糕，整個房間更是瀰漫著紅茶香氣。

最裡面的座位上，坐著一個沒見過的人。年紀大概是四十多歲，整整齊齊的髮型，以及一絲不苟的八字鬍，讓人印象深刻，此外鼻子上還架著一副細框眼鏡。這位身穿三件套西裝的紳士，正在純日式的房間裡優雅地享受著下午茶，而且還沒有經過屋主許可，是擅自闖進來的。

他的視線停留在環小姐身上，微微一笑。

「嗨，你們回來啦。不好意思叨擾了。」

那很明顯不是登門叨擾的人應有的言行舉止。

環小姐無奈地深深嘆出一口氣，然後開口。我一直以為她打算責備這個正大光明的入侵者，然而——

「我不是說過隨便亂搬家具進來會讓榻榻米受損，所以請你別再這麼做了嗎？」

環小姐這句抱怨讓我一時沒了力氣。該吐嘈的地方並不是那裡好嗎？就算是認識的人，也應該多抱持一點危機意識會比較好吧。

「不過話說回來，你每次都來得很突然啊。」

「因為工作提早結束，所以我沒連絡就直接過來了。來吧，請來這裡坐吧。我才剛泡好了紅茶，最近找到了很棒的大吉嶺茶葉。」

他用誇張的動作朝著我們招手。真是的，都搞不清楚誰才是屋主了。

我們依照他的話坐下之後，他立刻將一道茶色的液體注入我眼前的茶杯裡，陣陣甘甜的香氣隨即散發出來。

難得對方泡了茶，但我卻一直沒有伸出手。因為這個茶杯看起來實在超級貴，要是不小心摔破，我可沒辦法賠償啊。不過戰戰兢兢的人就只有我一個，哪像環小姐直接壓住淺橘色配上水滴圖樣的和服，若無其事地端起茶杯，送到嘴邊。

「你就是小幡同學吧，環小姐的新徒弟，我有聽過你的傳聞喔。」

帶著眼鏡的紳士轉頭看向我，對我這麼說。聽過我的傳聞，那會是什麼樣的傳聞？我有點在意。不過在此之前，這個人到底是誰啊？

「新先生，你是第一次見到洸之介嗎？」

阿樹對著困惑不已的我伸出援手。

之前我有聽過這個名字。新先生，記得就是製作那個位階表的——

「——住起來很舒服的住家選定委員會的人？」

「喔，原來你知道啊！」

新先生的表情為之一亮，看起來非常開心。

「不久前，雙葉曾經讓我看過那張位階表。」

「是嗎、是嗎？他也是從以前就一直愛用到現在啊。」

「啊、是。」

我把當初看到那張神祕位階表時就一直埋藏在心裡的疑問，直接提出來詢問這個照理說是第一次見面的人。

「那個排名，是為了什麼而製作啊？」

「我從以前就很喜歡偷偷闖進別人的家裡。之前走遍江戶各大住家的時候，知道了當時最流行的事情就是幫東西排名，所以我也想試著做做看。剛開始有一半是鬧著玩，不過後來廣受好評，到現在已經徹底變成我的畢生志業了。」

他輕描淡寫地說出了宛如商品開發祕辛的故事，只是我覺得當中有很多地方都不太正常。此外，從他剛剛的那番話，可以知道他和環小姐一樣都是從江戶時代一直存活至今。那麼他是什麼妖怪呢？我試著直接詢問。結果——

「我是滑頭鬼啊。」

雖然他相當坦率地告訴我，但我完全無法意會過來。

「滑頭鬼？」

「所謂滑頭鬼啊，就是喜歡擅自闖進別人家，然後當成自己家一樣泡茶休息的妖怪啦。」

揚羽邊和熱騰騰的紅茶奮戰邊這麼告訴我。對於貓又來說，剛泡好的紅茶似乎有點太燙了。

我再次看向單手拿著茶杯，彷彿屋主本人般全身放鬆的新先生。要說符合，的確挺符合的。

「另外也有人說他們無所事事、難以捉摸。」

「喔——」

新先生的眉毛微微垂了下來，有點不甘願地說出「明明沒有這回事呀」，不過其他人都沒有表示否定。也就是說，嗯，就是這麼一回事的意思吧。

「新先生，今年應該會製作位階表吧？剛剛你說了工作，難道就是位階表的調查工作？或者是你的本行？」

阿樹這麼一問，新先生回答「是我的本行工作啦」。

「本行是指？」

「我和幾個同伴一起開了間小小的貿易公司。別看我這樣，我可是業務部長喔。」

新先生驕傲地挺起了胸膛。他說的同伴，指的應該是同為滑頭鬼的同伴吧。

原來如此啊。我突然發現自己竟然接受了新先生的說法，忍不住好笑起來。這就是我習慣了這個環境的證據吧。照理來說妖怪能夠混進人類世界成立公司嗎？應該要先這樣懷疑才正常。

不過，像河童美髮師喬治先生也是髮廊的店長，揚羽以前也打過工，櫻汰更是理所當然地在上小學。所以我最近漸漸覺得，他們就算這樣混進人類世界，也不會造成任何問題，反而還有加分的效果，所以應該無傷大雅吧？而且以前環小姐也說過：「只要還住在人類社會中，就要遵守人類制定的法律。」雖然多多少少有偽造一些文書，不過到目前為止似乎都沒有問題。

人類社會。他們偶爾、真的是偶爾會使用這個詞。每次聽到，我都覺得自己和他們之間出現了些許距離。就像是把他們和我終究存在於不同的世界這件事，再一次地搬到眼前。我知道這是事實，也了解會有這種感覺完全是自己的心態作祟。畢竟來到這家店時，身為人類的我就會變成少數。不過除此之外，和他們接觸時就跟普通人類沒什麼兩樣，完全沒有問題，甚至還會徹底忘記他們是妖怪，頂多不小心突然想起來，「啊啊，對了，她是妖狐、她是貓又啊！」之類的。不過我想另一個主要的原因，是因為大家變身成人類的能力都太高超了。

「對了對了，差點忘了我來這裡的主要目的。」

新先生打開了放在腳邊的公事包，環小姐也因為他的動作而做出反應，她把手中的茶杯和茶碟放回桌上。

新先生從公事包裡拿出一個用方巾包好的小布包，然後在桌上的空位解開。從裡面出現的東西，是畫著某個驛站亭的版畫——是色彩繽紛的浮世繪。雖然我有在教科書上看過，不過這還是第一次見到實物。而且不只一張，有好幾張。

「這個是浮世繪吧？」

「沒錯。像這種多色印刷的浮世繪，一般又稱為錦繪。」

這幾張畫不只是風景畫而已，還有描繪著女性的畫，以及歌舞伎演員、身穿甲冑的武士、動物等等，種類繁多。

「浮世繪的重點在於浮世，也就是指當時的風俗，主要分成肉筆畫和木版畫兩種（❖註8）。另外書本的插畫也是其中一種，知名度普遍較高的浮世繪大多是版畫。」

這裡的浮世繪共有十張左右。

「環小姐，這邊這七張想麻煩妳托裱，因為之後要裱框啊。其餘的就請加工成掛軸吧。綾布的選擇就交給妳，不過希望能盡量配合西洋風格的房子，因為這要拿去送人。」

「咦？要送人嗎？」

這明明是足以登上教科書的貴重物品啊，真是太可惜了。而且這些畫沒有破損也沒有髒汙，狀態非常優良啊。

「因為新先生是浮世繪收藏家啊，這點數量對他來說根本不痛不癢。」

阿樹這麼告訴我。他拿起其中一張畫，仔細地觀察著。

❖註8：肉筆畫是指在紙或絹本上彩色手繪而成，木版畫則是木刻印刷而成。

「不過啊，當時根本沒想到這個東西到現在竟然會這麼值錢。」

「真的！早知道我也買一大堆回家收藏就好了。這麼一來，我現在就會是大富婆了。」

揚羽表示同意之後，櫻汰立刻瞪大了眼睛。

「揚羽當時有錢到可以買一大堆這種畫嗎？」

「像櫻汰這樣的小孩也買得起喔，因為真的很便宜啊。」

「是這樣嗎？」

「如果是肉筆畫這種完全量身打造、僅此一張的作品，那就會貴得嚇人。不過版畫屬於印刷品，可以大量生產啊，所以價錢也便宜。哎，不過這也是見仁見智啦。」

阿樹的這番說明實在有點出乎意料之外。

「沒錯沒錯。所以我到現在看到有人把浮世繪裱框，並珍而重之地掛起來裝飾，感覺還是有點怪怪的。換成是現在，大概就像是把報紙、廣告單或雜誌等的東西小心翼翼地掛起來吧。」

我依照揚羽說的想像一下。在高級畫框中的一大張報紙——嗯，感覺有點怪怪的。

「美人畫和演員畫就是知名藝人的肖像照，而名勝圖則是旅遊指南書，武者畫較類似描繪英雄人物的漫畫或電影吧。浮世繪除了有雙六（✣註9）這種小孩的玩具之外，也有類似介紹當時流行造型的雜誌，另外還擁有報章雜誌所具備的傳遞資訊的媒體功能。其他則還有團扇繪或紙扇圖，把圖片剪下來之後貼在骨架上，加工成扇子或團扇。嗯，這麼說來，這些東西在當時應該是大量生產、大量消費的消耗品吧。」

新先生舉的例子非常簡單好懂，很容易想像出來。

「越是隨手可得的物品，就越不會好好地珍惜收藏啊。所以再也沒有比這一類物品更難流傳到後世了。」

環小姐手裡拿著一張畫有某個驛站亭的圖，邊細細觀賞邊輕聲說出這句話。

這倒是，如果是隨時都能在商店買到的東西，的確不會特地收藏起來。丟掉時也不會猶豫，如果再加上價格低廉的話更是如此，會覺得只要再買過就行了。

「反過來看，正是因為有浮世繪版畫，繪畫才會變成平民也能輕易接觸到的東西啊。」

原來如此。我點了點頭，拿起手邊最近的一張畫。上面畫著一大群像是穿著和服的鯰魚之類的魚類，真是超現實。因為實在太超現實了，我完全無法理解江戶時代的人的品味。

「說到浮世繪，記得好像也有對國外畫家造成影響對吧？之前電視上有介紹。」

我也聽說過櫻汰說的事情。不過話說回來，櫻汰是在誰家的電視上看到的？這家店裡好像沒有電視吧？

「嗯，現在也有相當高的人氣喔。因為一說到日本繪畫，印象最深的就是浮世繪了。多虧如

❖註9：一種桌上遊戲，玩家各持黑白兩色的棋子，以擲骰子的方式前進，最快攻入敵陣者勝利。

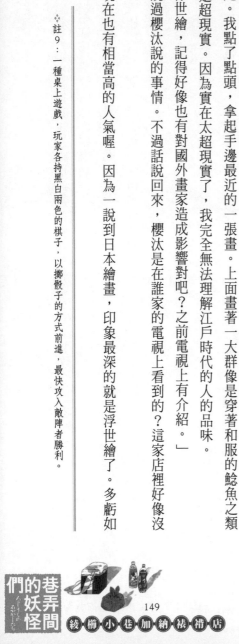

此，談生意的時候真的非常好用。這次的委託品也是準備拿來送給國外的客戶。」

所以才會指定裱褙成符合西洋建築啊。

「那麼，你要委託的畫就是這些嗎？」

環小姐再三確認地詢問，結果新先生彷彿突然回神似的，從懷中拿出記事本，取出一張夾在裡面的紙片。

「對了對了，差點忘了最重要的東西，還要麻煩妳幫這張畫再托裱一次。」

新先生小心翼翼地展開的那張紙片，果然還是浮世繪。不過和方巾裡面的東西相比，可以明顯看出這張畫已經褪色劣化。感覺都是因為有托裱紙，才好不容易維持著現在的狀態。

看起來應該是畫著某間店舖的畫。畫中有一張長椅，而旁邊站著一個拿著托盤的女人。當時的浮世繪，每個人的眼睛都十分細長，看不出表情，不過我卻莫名覺得這個女人看起來相當哀傷。真的只是一股莫名的感覺。

「距離上次托裱已經過了許久，而且我總是把它帶在身邊走動，所以受損比較嚴重。」

環小姐凝視著那個女人好一陣子，然後才答應。新先生把畫重新包回方巾，交給環小姐之後，以流暢的動作站了起來。

「那麼，我就先失陪了。」

然後他拿起公事包，穿上鞋子，簡短說了一聲告辭，便走出店裡。

所有的動作都發生在轉眼之間，我也只能呆呆地目送他遠去。進來時弄得這麼大費周章，離開時也未免太乾脆了吧？話說這些家具和茶具組到底該怎麼辦啊？

環小姐以外的三人根本無視於我的困惑，他們一邊望著新先生離去的店門口，一邊自顧自地說起悄悄話。

「走了嗎？」

「走了走了。」

「應該可以了吧？」

話才剛說完，他們立刻動了起來，開始仔細檢查店裡。從書櫃上到抽屜裡，每個角落都不放過。不對，說是搜尋可能更加貼切吧。我不懂他們的行動有什麼含意，獨自一人被排除在外。

我試著詢問同樣坐著不動的環小姐。

「這些桌椅和茶杯，該怎麼處理？」

「等等會有認識的業者過來回收。」

環小姐一邊喝著完全變溫的紅茶，一邊補上一句「每次都是這樣」。我也模仿著環小姐的動作，小心翼翼地拿起茶杯，送到嘴邊。一股濃厚的紅茶香氣和滋味立刻在口中擴散開來，看來應該是品質非常好的茶葉吧。我在想著這些事情的時候，遠方傳來了陣陣吵雜的腳步聲，隨後櫻汰跑了過來。

「找到了！這次是在廚房裡！」

櫻汰得意地拿在手裡的東西，是顆放在盤子上、看起來毫無異狀的蘋果。

「這顆蘋果怎麼了嗎？」

「嘿嘿嘿……洸之介，這可不是普通的蘋果啊！」

臉上露出詭異笑容的櫻汰，拿起一把應該是從廚房帶出來的小刀，把那顆蘋果一分為二。令人訝異的是，那顆蘋果的果肉是黑色的，不對，那根本不是蘋果。

「看來原定計畫應該是讓人以為這是蘋果，但是一口咬下去才發現是紅豆的味道，藉此讓人嚇一大跳吧。」

「這是為誰擬定的計畫？再說在咬下去之前，手中的觸感就先洩漏是日式點心了吧。」

大概是聽見了櫻汰的聲音，揚羽和阿樹也都跑了回來，看到那個作工精巧的蘋果後，兩人異口同聲地說著「真了不起、真捨得花錢」之類的話。跟不上狀況的人只有我，而我一直呆呆地望著他們，揚羽這才一邊苦笑一邊說明。

「新先生這個滑頭鬼啊，除了會跑進別人家裡喝茶休息，還會留下一點惡作劇才離開喔。」

「啊，是……」

「所以每次他回去之後，我們就會到處尋找這次在哪裡留下惡作劇。」

也就是說，這次的第一發現者是櫻汰，就是這麼一回事吧。

「這件事情他在任何人家裡都會做嗎？」

「好像是這樣。之前他去兵助家，就在沒人注意到的時候，偷偷把電視遙控器換成了加工精美的巧克力。」

「的確有這回事！他的理由是佐伯家的人都愛吃甜食，所以才選用巧克力。可是當時是夏天，聽說巧克力融化之後造成很大的麻煩啊。」

「那還真是傷腦筋啊。」阿樹又補上一句：「如果當時不要用巧克力，而是像這次一樣選用日式點心的話，就不會融化了。」不過我覺得問題應該不在這裡。

「可是新先生為什麼要做這種事呢？」

「誰知道，是興趣吧？」

揚羽一派輕鬆地這麼說。這真的可以用一句興趣就全部帶過嗎？

被人惡作劇的屋主環小姐，露出了百般無奈的表情，表示「每次都是這樣」。

走出自動門，我仰望著太陽已經下山、天色徹底昏暗的天空。漆黑的夜空，只能看到被電燈照亮反光的絲絲細雨。到底有多少天沒有看到星星了呢？儘管明知梅雨季期間沒辦法奢求，但是一想到現在不得不在雨中走路回家，就覺得沮喪。我打開手裡的傘，一邊避開水坑一邊前進。

我心血來潮回頭一看，剛剛走出的補習班出入口源源不絕似地吐出了許多學生。念書念到累了吧，每個人不是無精打采，就是昏昏欲睡地伸著懶腰，也有人相當開心似地聊天。他們的表情各有不同，不過所有人的立場都跟我一樣，是「考生」。我是不是也露出了和他們一樣的表情呢？或者是完全不一樣的表情？我自己也不是很清楚。

「太好了呢，雨勢沒有天氣預報說的那麼大。」

我朝著聲音的方向看去，一個穿著和我不同的西裝領帶制服的結北高中同年級學生，同樣撐著傘站在我旁邊。除了我們結之丘高中的學生，也有附近其他高中的學生來這間補習班。當中還有念同一所國中或小學的朋友，發現對方時，彼此都有一種懷念的感覺。他也是其中一人。

「原本天氣預報說，今天回去的時候會下豪大雨。」

「真的假的？沒說中真是太好了。」

雨聲當中，傳來了另一個和他穿著同樣制服的學生喊著：「星野！快來不及了！」

「要用跑的了，杉浦！我先走啦，小幡。」

他也不管自己的制服下襬可能會弄濕，直接匆匆忙忙地衝進細雨之中。不只是他們，還有其他撐傘快跑的女生。搭電車或公車通學的人都必須注意發車時間，實在很辛苦啊。走路來的我一邊事不關己似地這麼想，一邊目送他們離開。

（那麼，我接下來該做什麼呢？）

媽媽說她要參加公司聚餐，今天會比較晚回來。所以就算回去，家裡也沒有人在。要做一人份的晚餐實在太麻煩，還是在路上買個東西回去吃吧，前面應該有一家小超市才對。我再次握緊了雨傘把手，沿著站前的道路前進，一家明顯比其他店面更明亮的速食店立刻映入眼簾。託師傅的福，讓我對它熟到不能再熟的店門前，貼出了一張「期間限定・蝸牛漢堡」的廣告。相信應該是從梅雨季節、蝸牛出沒，然後聯想到食用蝸牛吧。可是啊，我覺得這張廣告單實在不該在漢堡旁邊放上在繡球花上爬行的蝸牛圖片。難道只有我覺得這樣會失去食慾嗎？

吃這裡的漢堡也行，不過一定要選蝸牛以外的口味。我邊想邊從窗外眺望著店內，結果突然發現了前幾天剛見過面的熟悉臉孔。

我走進店裡，對著那個站在櫃檯旁邊，一臉難色的人打招呼。

「新先生。」

可能是剛下班回家吧，身上穿著筆挺西裝的新先生一看到我，嘴角立刻揚了起來。

「啊啊，我還以為是誰，這不是小幡同學嗎？」

他的手緊握著店裡的菜單。

「你要買漢堡嗎？」

「嗯，買給環小姐當土產。因為工作拖得太晚，想拜託環小姐讓我在那邊過一晚。」

原來如此。所以他才會格格不入地待在這間店裡，和菜單互相瞪眼吧。我了解情況之後，一直站在櫃檯後面的店員小姐畏畏縮縮地說道。

「那個……這位客人，請問您差不多決定好餐點了嗎？」
感覺她似乎特別強調「差不多」這三個字，我猜她應該一直在等新先生點餐吧。
「不好意思。我沒想到有這麼多東西可選……要選哪個比較好呢？妳覺得哪個比較好？」
「呃，是的。既然這樣，要不要試試我們最近推出的期間限定蝸牛漢堡呢？」
店員小姐依照員工守則提供了最標準的建議，但是新先生依舊愁眉不展。
「她是非常熱愛漢堡的人，相信應該已經吃過了，所以我想要選點別的。」
「是……」
碰上麻煩客人的店員小姐實在有點可憐，所以我決定悄悄伸出援手。
「她前陣子剛吃過蝸牛漢堡，好像相當喜歡喔。至於套餐，她每次都是依照順序買下來，而這次正好輪到鮮蝦美乃滋漢堡，不如就選那個吧？」
「喔，是這樣嗎！」
「環小姐那邊總是有人在，所以多買一點應該也不會浪費，像是櫻汰一定會很高興。」
新先生依照我的建議，選了幾個套餐外帶。
「哎呀，真是幫了我大忙，因為我還是第一次走進速食店啊。」新先生把菜單遞給了我。
「你也來一份吧？就當作是謝禮。」
因為機會難得，所以我不客氣地接受了他的好意，點了漢堡套餐。

「我也來吃點什麼吧。」

新先生再次看向菜單，然後再一次地陷入沉思，看來他的個性有點優柔寡斷。若是站在這裡等新先生，就會妨礙到其他客人，所以我接過托盤之後就開始四處找位子。

在店裡東張西望時，窗邊的某個座位吸引了我的目光。一個身穿我們學校的水手服的短髮女生正坐在那裡，那是跟我同班的後藤同學。她一臉煩惱地看著手機，然後又抬頭看向依然下著雨的站前道路，就這樣周而復始。都這麼晚了，她到底在做什麼呢？會是跟朋友聊天聊得太開心，所以不小心坐太久之類的嗎？可是感覺又不太像。由於我一旦開始在意就會停不下來，所以開口喊了她。

「後藤同學。」

「嗚呀啊！」

後藤同學似乎被嚇得不輕，只見她發出了奇怪的尖叫聲，手上的手機應聲落地。

「什麼嘛，是小幡同學啊。拜託你不要嚇人好不好。」

「我只是很普通地出聲打招呼啊。妳一個人？沒有跟立花同學在一起嗎？」

「明日香她早就回家啦。倒是你為什麼這個時間一個人待在這裡？」

「補習班剛剛下課啊，而且我不是一個人……」

好了，我該怎麼對她解釋新先生是誰呢？因為才剛認識不久，我還不是很清楚新先生的為人，真是傷腦筋啊。我還在絞盡腦汁思考的時候——

「不好意思，我在猶豫到底要選哪個口味的瑪芬蛋糕。有美國櫻桃和普通櫻桃口味，最後我選了美國櫻桃，不過如果可以同時比較兩者之間的味道有什麼不同，也算是一件趣事吧——哎呀，是你的朋友嗎？」

新先生用異常響亮的聲音一邊說話一邊走了過來。然後他一看到我們兩人，臉上立刻出現驚訝的表情。「你和這位小姐是朋友嗎？」他用眼神這麼問我。

「呃，這是我的同班同學後藤沙織。」

「這樣呀。我是小幡同學的朋友的朋友，不過最近才變成了朋友。雖然還稱不上是老朋友，不過也不算是完全無親無故的陌生人。啊啊，總之先坐下吧。難得的紅茶都要冷了。」

在新先生的催促下，我在整個人愣住的後藤同學對面坐下，而新先生也一副理所當然的樣子坐在我的旁邊。後藤同學似乎也接受了新先生是我的朋友這個說法，沒有繼續追問下去，可能是被新先生的步調給吞沒了吧。我個人倒是對此相當感激，因為不必多加解釋。

「不過都這麼晚了，後藤同學一個人在這裡做什麼？我看妳一直在看外面。」

「那是……」

後藤同學垂下視線，眉頭緊緊皺在一起。看到她表現出和平常完全不同的樣子，我感受到一股非比尋常的感覺。後藤同學平常總是非常開朗活潑，像個值得依賴的大姐，在班上如同領袖一般，而且也是學生會的幹部之一。我所知道的她，是站在班上同學之前帶領大家前進，或者是大聲怒罵我的朋友森島。然而她現在卻是如此軟弱，甚至不斷嘆氣，實在相當少見，這可能是我生平第一次看到。

「妳有什麼煩惱嗎？」

「與其說是煩惱……」

「如果有煩惱的話，最好還是說出來會比較痛快喔。」

正在細心剝除瑪芬蛋糕紙杯的新先生也提出建議。

「要說給一個不認識的大叔聽，感覺也不太對啊……」

「當一個朋友的朋友像現在這樣跟妳直接見到面時，我們就已經變成朋友了，不再是毫無關係的人。」

新先生又開始說起他個人的歪理。後藤同學看起來還是相當懷疑，不過比起獨自一人煩惱，她似乎覺得趁現在說出來會比較好。

「小幡同學，你的口風夠不夠緊？大叔呢？」

「如果妳不希望我告訴別人，那我就不說。」

「我也是。絕對不會告訴任何人。」

後藤同學先是凝視著我和新先生的眼睛好一陣子，做了一個深呼吸後，下定決心說出來。

「其實是……」

事情發生在兩個星期之前。

那一天，後藤同學為了處理學生會的雜事，拖得非常晚才準備回家。利用電車通學的她衝進了學生人數比平常少的車廂裡，找到座位坐下之後，她開始迷迷糊糊地打起盹來。由於眼睛睜開時正好抵達目的地，後藤同學立刻匆匆忙忙地站起來，抓起書包就跳下了車。

當她站上月台後，才發現自己把裝了學生會資料的提袋忘在車上了。雖然想要衝回去拿，但是車門就在眼前無情地關上，電車揚長而去。走投無路的後藤同學一時之間只能呆站在月台上。

時間已經很晚了，要找人幫忙也很困難。就在她準備放棄的時候——

——拿去，這是妳忘記的東西。

隨著這句話一起出現在眼前的，正是後藤同學忘在車上的提袋。拿著提袋的人，是一個身穿結北高中制服的男生。他發現後藤同學忘了拿提袋，也不管這裡不是自己的目的地，就這樣拿著失物追了上來。

因為實在不好意思，後藤同學向對方道歉了好幾次。「不好意思、對不起、都是我太粗心了。」然而對方只是體貼地對著後藤同學微笑。

——沒關係的。反正下一班車再過十五分鐘就會來了。

在這十五分鐘內，後藤同學陪他一起等車。這段期間，他們聊了很多事情，聊了彼此的學校、彼此的朋友，以及老師和家人——因為太開心了，時間一轉眼便過去，對方的電車來了，於是後藤同學目送著他上車。

等到電車開到幾乎看不見的遠方後，後藤同學才想起一件事。

雖然道過歉了，可是自己還沒有跟對方說謝謝。

更重要的是，自己一直忘不了他的笑容，以及那一段快樂的聊天時光——

「——啥？意思就是妳對他一見鍾情了吧？」

我簡短地用一句話總結後，後藤同學整張臉都紅了起來，大喊著「不要講得這麼明白啦」。

「可是就是這麼一回事，不是嗎？」

「嗯、哎，是沒錯啦……」

後藤同學相當難為情似地小聲承認。

「原來如此、原來如此。所以妳就是坐在這裡觀察車站那邊的狀況吧？」

新先生不斷地點頭稱是，後藤同學也對他微微頷首，沒有進入狀況的人似乎只有我一個。新先生把原本準備送到嘴邊的杯子又放了回去。

「如果他是利用電車通學的話，就會來到車站，對吧？」

「嗯，是吧。因為距離結北高中最近的車站也是那一站啊。」

「坐在這個地方，可以清楚看見走進車站的行人。運氣好的話，說不定就可以找到那個人，所以才會從這個地方開始找啊。」

新先生說完後，再一次把杯子送到嘴邊——然後像是冰凍了一樣全身僵硬，臉色也變得越來越糟，最後變成了對人世間的一切感到絕望的悲壯表情。

「怎麼了嗎？」

「……紅茶的味道……實在是太……」

他平常總是親手沖泡高價紅茶來喝，當然不可能喝得慣速食店的紅茶。

「這種店的紅茶不管哪一間都是這種味道喔。」

我暫時不去理會沮喪到谷底的新先生，轉頭看向後藤同學。

「妳說想在這裡找人，難道妳沒有問對方的名字嗎？知道是結北高中的話，只要拜託國中同學幫忙，應該馬上就能找到吧。」

後藤同學的眼睛緊盯著桌子。

「我沒問。」

「你們明明聊了十五分鐘耶？」

「因為太專注在聊天上，所以不小心忘記了嘛。等我想到的時候，電車都已經開走了……我也覺得自己真的有夠笨的。等一下，你不要笑成這樣好嗎？」

「可是後藤同學平常總是很精明幹練的樣子，卻犯下這種難以置信的失誤啊。」

她的形象和她在班上的樣子實在相差太多，讓我忍不住笑了出來。後藤同學表現出一副極度懊惱的模樣，生起氣來。

就在我們談話的時候，新先生似乎從紅茶的打擊當中恢復過來了。

「我可以了解後藤同學的心情，不過外面已經很暗了，今天還是先回家吧。女孩子獨自走夜路是很危險的，接下來的事情就等明天再說吧。」

最後這句話，讓我和後藤同學都嚇了一跳。

「大叔明天也會過來嗎？」

「當然，因為我希望能夠盡可能地協助因為戀愛而煩惱的女性啊。身為長輩，我說不定可以提出一些建議呢。」

新先生輕輕眨了眨其中一隻眼睛。明天也會來這裡的話，那他的工作該怎麼辦？今天想借住在環小姐的店裡，就表示他家一定離這裡很遠，這樣一來工作絕對不可能在附近。

「新先生，你工作方面沒問題嗎？」

「工作這種小事，之後總會有辦法解決。現在最重要的是找到後藤同學暗戀的對象啊！」

新先生熱切地這麼說。以一個社會人士來說，這個理論實在有著嚴重的偏差。不對，這個人其實不是人，是滑頭鬼啊。可是翹班有點不妙吧？

「聽好了，距離你們見面那天已經過了兩個星期。對年輕人來說，兩個星期是很漫長的，畢竟一寸光陰一寸金啊。在這段期間，他可能發生了各式各樣的變化，關於後藤同學的記憶，他可能早就擠到腦海深處也說不定。再加上你們不同校，這對後藤同學來說是非常不利的狀況。搞不好早就有同校女同學接近他，甚至已經交到女朋友之類的，這也是不無可能啊！」

後藤同學一邊喊著「哇啊啊，搞不好真的有！」一邊伸手抱頭。

「後藤同學，我們一起加油吧！我會站在妳這邊的！」

「謝謝你，大叔！」

他們兩人在我面前堅定地握著手。看在旁人眼裡，女高中生和身穿西裝的紳士彷彿戰友一般團結的樣子，真的相當滑稽。不過新先生的眼神非常認真，感覺不像是在開玩笑。而後藤同學似乎也感受到了這一點，雖然是初次見面，不過她好像已經完全信任新先生了。

可能的話，我很想假裝不認識他們。不過一旦我和他們坐在同一桌，基本上就已經不可能了。我有點心驚膽戰，害怕周圍的人會用詭異的眼神看著我們。

「為了讓後藤同學的戀情開花結果，我們一起加油吧，小幡同學！」

「……是。」

然後我就在未被告知的情況下，莫名捲入了這件事情當中。當然，我並沒有權利拒絕。

——那麼，明天傍晚再到這間店裡集合。

沒錯，因為我在被半強迫的狀況下答應了這件事，所以隔天放學後，我也老老實實地獨自前往那一間速食店。

雖然我和後藤同學同班，不過我和她是分別離開教室。儘管我們的座位離得很近，經常聊天——很湊巧地，後藤同學的座位就在我後面——但交情也不見得特別好。要是被人知道我們一起行動，肯定會被誤會，尤其是那個熱愛散布謠言的吹牛大王森島。而後藤同學似乎也沒有把這件事情告訴她的好朋友，她似乎更不想被班上同學發現。

我和後藤同學在店門口集合，一起穿過自動門，走進店裡。點好餐之後，我們拿著托盤移動到座位上。

新先生比我們更早抵達店裡，如今正坐在昨天那個位置上望著窗外。如果只是這樣倒還沒什麼，重點是他手上不知為何拿著一副望遠鏡，而他是透過那玩意凝視著外面。我們知道他是在搜尋後藤同學暗戀的人，可是看在不知情的人眼裡就只是個怪人。連同他的穿著打扮，讓他在這間店裡顯得格格不入，真虧得他沒有被人趕出去啊。

再說，新先生根本不知道對方長什麼樣子，就算搜尋也沒有任何意義吧。

「你在做什麼呀？」

既然都來到了這裡，也不好假裝對方不在。雖然不太情願，不過我還是在新先生的旁邊坐了

下來。後藤同學也坐在昨天那個位子上。

「嗨，小幡同學、後藤同學，你們怎麼這麼慢呢？」

「並不慢，這很普通。新先生，你用這種東西看外面，會被別人懷疑的。」

「別擔心。如果有人問起，我會說我正在賞鳥。」

新先生自信滿滿地回答，不過他的身後只能看到窗外大雨紛飛的景象，一點說服力也沒有。不對，再說這種大街上的鳥類頂多只有麻雀或烏鴉吧。

「說的也是，還有望遠鏡這個方法！我一直在想這裡實在太遠，沒辦法清楚看到行人的臉，不知道有沒有什麼方法可以解決。而且最近一直在下雨，雨傘又擋掉視線，要是用了望遠鏡，說不定連雨傘之間的細縫都能看到了！」

「不，我覺得這樣行不通喔，後藤同學。」

我連忙阻止了滿心佩服的後藤同學，這可是為了她的名譽著想。

新先生雀躍地收起了望遠鏡，直接說道：「那麼，我們就來延續昨天的討論吧。」

「後藤同學，在妳知道的範圍內就好，能不能告訴我們對方的資訊呢？」

果然沒錯。就算用了望遠鏡搜尋，他也不知道對方是誰吧。

「嗯，他是結北高中的學生，身高比我高，大概跟小幡同學差不了多少。沒有染頭髮，是黑髮，長度應該有點偏短。另外他看起來很聰明，也有種溫柔的感覺，是個非常帥氣的人。」

後半段的資訊，是嚴重透過戀愛中女生的視角去看的，所以無法參考。然而排除這一部分的話，光憑外貌特徵，資訊也實在太少、太模糊了。

「用這點資訊找人，有點太勉強了吧？北高的學生人數比結高還多吧？」

「是沒錯，不過男生只占全校學生的一半，另外再限定用電車通學的人，人數就變得更少了不是嗎？」

「就算這樣也還是很多啊。」

我一說出現實層面的問題，後藤同學立刻說不出話來。

「後藤同學和對方見面的時間應該也可以用來參考吧？如果回家時間是在那個時段的話，他可能有參加社團活動，這麼一來就可以再縮小範圍了吧？」

「嗯～可是他身上沒什麼運動性社團的感覺耶，而且隨身物品也很少。」

後藤同學一邊回想當時的情形，一邊歪著頭。

「那麼會不會是靜態社團？」

「也有可能只是因為剛好有事才晚歸吧。後藤同學也是這樣，不是嗎？原因不見得只侷限於社團活動。」

我一反問，結果這次換成新先生閉上嘴巴了，然後三人同時嘆出一口氣。

線索原本就少得可憐了，如果是同一所學校倒還好，偏偏對方不同校。如果不找一個北高的學生說明原委並且拜託他幫忙的話，感覺應該很難找到。

後藤同學抱住她那一頭短髮，走投無路似地哀號了起來。

「昨天啊，聽大叔說了那麼多，我開始覺得可能真的是那樣沒錯。時間已經過了很久，而且就算接受好意的人還記得，送出好意的人也可能早就忘了。雖然有稍微聊個天，可是我畢竟只是個睡迷糊結果把東西忘在電車上的呆子，再說我也長得很不起眼……而且那天天色又暗，說不定他根本沒留下什麼印象。」

她越來越沮喪，而我也不知道該對她說什麼才好，而且她開始朝著奇怪的方向沮喪下去。

「啊～啊，要是我像明日香一樣可愛就好了呀。雖然也有可能沒有被他忘記，不過就因為是像我這樣的人啊……」

後藤同學的好朋友立花明日香，和後藤同學一樣都是我的同班同學。她和性格豪爽的後藤同學完全相反，個性非常溫和內向，而且長相十分可愛，相當受到男生歡迎，甚至還有傳聞指出其他學校找她告白的學生總是源源不絕，在我們學校小有名氣。

「被我這種人喜歡上，對方可能會覺得困擾也說不定。就算找到他，我有勇氣跟他說話嗎？感覺有點恐怖呢。」

後藤同學的臉一下子變紅一下子刷白，表情瞬息萬變，相當忙碌。她一邊念念有詞一邊抱頭煩惱，真的和她在教室裡的表現判若兩人。

「請不要把自己說得這麼不堪，後藤同學是很可愛的。」

新先生說得非常直接，後藤同學有點難為情似地轉過頭去。

「就算你講這種客套話，我也沒有什麼謝禮可以給你喔。」

「這不是客套話。戀愛中的女性，會變得可愛好幾倍喔。」

後藤同學的臉色終於徹底變紅，像是耐不住害羞似地趴在桌上。聽到這句有點肉麻的台詞，連坐在旁邊的我都跟著不好意思了起來。然而一切的元凶新先生，只是滿臉笑容地盯著後藤同學的髮旋，完全沒感覺到現場瀰漫著奇妙的氣氛。

「大叔真會說話耶，難道你的戀愛經驗非常豐富？」

猛然抬頭的後藤同學丟出一記意想不到的變化球，結果這次換成新先生身邊的氣氛改變了。

「還好啦，因為我活得比你們久啊。」

「還算豐富吧。」新先生含糊其詞地帶過，伸手推了推眼鏡。後藤同學從他這句話裡讀出隱藏在背後的戀愛經歷，她的眼神瞬間亮了起來。

「大叔結婚了嗎？看你好像沒有戴戒指。」

「沒有喔。」

「那有戀人嗎？」

「沒有。以前曾經有過，不過她已經去了再也無法見面的地方了。」

聽到新先生的回答，我腦中突然閃過那張浮世繪，那張畫了一個女人、受損最為嚴重的浮世繪。我本來以為新先生重視的是那張畫本身，不過照這樣看來，上面那個女人對新先生來說，可能有著特別的意義也說不定。不然的話，是不會夾在記事本裡隨身攜帶。

「那個人是美女嗎？」

「嗯，是鎮上大受好評的美女。」

「果然大叔也比較喜歡美女嘛。」

看到後藤同學氣鼓鼓的臉頰，新先生有點傷腦筋似地補上一句。

「我不是因為外表，而是受到她的內在吸引，才喜歡上她的。」

新先生微微瞇起眼睛，對後藤同學微微一笑。新先生的視線明明朝著她，可是眼神卻像是望著遠方一般。

「你想見她嗎？」

「是啊。如果可能的話，真希望能再見她一面。」

新先生誠實地說出自己的想法。後藤同學用手撐著臉頰，有點恍惚地說道。

「就是啊，果然還是想見面吧。我也想和他再見一面，至少也想跟他好好道謝啊。」

「咦？不是告白嗎？」

明明引起了這麼大的騷動，卻只想在見面之後向對方道謝？我不由得有點錯愕。另一方面，後藤同學則是又漲紅了臉，嘴巴像條魚似地不斷一開一合。

「你、你在講什麼啊！我怎麼可能有辦法突然跟對方告白！我們只有見過一次面耶！」

「昨天妳和新先生聊戀人應該要這樣那樣的，聊得那麼開心，所以我以為如果是後藤同學，一定會直接把話說出來才對，而且妳看起來也像是可以輕鬆做到啊。」

「不可能不可能！那樣一定會把對方嚇跑吧！而且也不知道他還記不記得我啊。要是他用這傢伙到底是誰的眼神看我的話，我一定再也振作不起來……」

後藤同學用雙手蓋著臉，含含糊糊地說道。

「那麼，妳該不會真的只是為了道謝，就想把人家找出來吧？至少也該和對方成為朋友。啊，順便也打聽一下連絡方式比較好吧？」

「嗚嗚嗚～我搞不好沒有這種勇氣啊……小幡同學去幫我問啦。」

「為什麼是我去？」

「你不是說過任何事都願意幫忙嗎？」

「我才沒說過這種話！」

她腦內的資訊是什麼時候自行調整的啊？再怎麼說，這也未免太強人所難了。

「沒問題的啦，後藤同學，事情會很順利的。因為妳很可愛，他也一定會記得妳。」

在新先生的讚美下，後藤同學似乎終於回過神來，恢復冷靜。

「為什麼我會被一個根本不熟的大叔安慰呢……應該說，為什麼我要跟班上的男同學和陌生的大叔討論這件事？我明明沒有跟任何朋友提過，就連明日香也不知道……」

「是這樣嗎？」

「是啊，她和外表看起來不一樣，對於這種事她是非常正經的。所以不可以告訴任何人喔！絕對不可以！」

她用充滿威脅的眼神瞪著我們，再三警告。這份魄力，讓我和新先生都老實地拚命點頭。後藤同學似乎相當滿意我們的反應，臉上恢復了笑容，隨後再一次地開心聊起有關對方的話題。她的話題和表情都千變萬化，相當忙碌，我費了九牛二虎之力才好不容易跟上。

當我正在感慨那個後藤同學竟然會因為戀愛而出現這麼大的轉變時——

「你有在聽嗎？小幡同學。」

她又瞪著我發起脾氣來了。

新先生所說的「戀愛中的女孩子很可愛」的主張應該沒有錯，不過我想加上一條但書。戀愛中的女孩子，實在有點難纏。

以晚上會很危險為由，在太陽下山之前，我們就讓後藤同學先回家了。

因為在這裡坐太久實在有點過意不去，所以我又點了兩杯飲料。負責點餐的店員小姐一看到我，立刻露出了如釋重負的表情。看來今天新先生點餐的時候，一定又問了一大堆讓店員小姐困擾的問題吧。

我接過飲料，回到正在等候的新先生旁邊。

他還是一樣拿著望遠鏡觀察窗外。可能是因為天空被積雨雲覆蓋，就連月光也照射不到人來人往的車站前。不過就算看了，大概也分不出對方的臉。

就在這個時候，剛剛掠過腦中的疑問又突然浮了上來。

「新先生，我想請問剛剛提到有關新先生的戀人——」

我這麼一開口，新先生隨即讓眼睛離開望遠鏡，轉到我身上來。

「那個人就是那張夾在記事本裡的浮世繪上的女性吧？」

新先生有點訝異似地瞪大了眼睛，隨後視線便落在剛剛後藤同學所在的座位上。

「看著後藤同學，讓我稍微想起了有關那個人的事。」

新先生不置可否，只說了這麼一句話。我突然覺得自己似乎碰觸到不該碰觸的東西，不敢再追問下去。

我們繼續隔著窗戶尋找連長相都不知道的，後藤同學暗戀的對象。

打在窗戶上的雨始終沒有停下來。

「欸，你是不是在隱瞞什麼？」

隔天的午休時間，森島邊喝著利樂包裝的巧克力香蕉歐蕾，邊把他細長的眼睛瞇得更細，並突然跑來問我這個問題。我心裡雖然驚慌到極點，不過表面上還是拚命地假裝平靜。

「你在說什麼，是指什麼事？」

「就是我雖然不知道，但是卻非常有意思的事情。」

「少在那邊隨便亂講了。」

我瞪了森島一眼，然後轉頭看向前方。這時背後傳來他的幾句喃喃自語，說什麼「我還以為有什麼事呢」，不過我假裝沒聽見，徹底忽視他。「我被捲入了你現在坐的這個座位的主人，她的戀愛煩惱當中。」這種事情當然不可能告訴他啊，一旦說了，這個人肯定會兩眼發亮地打破砂鍋問到底吧。這樣會讓人非常困擾。我已經不想再被捲進麻煩事了。

不過話說回來，這傢伙的直覺太靈敏，實在很恐怖。

還有呀，要是隨便亂坐別人的座位，又會挨罵就是了。

「喂！你不要老是坐在別人的座位上啦，森島！」

果不其然，吃完午餐回來的後藤同學開口一罵，森島立刻像隻縮頭烏龜一樣縮起脖子。

「這有什麼關係，妳可以坐我的位子呀。」

「不是這個問題好嗎？」

看到森島沒有要移動的跡象，後藤同學用蠻力把他拉了下來。這時，她狠狠瞪了我一眼，用眼睛問我「你應該什麼也沒說吧？」，所以我也用眼神回答「我什麼也沒說」，表示自己的無辜。要是因為森島的關係害我失去信用，甚至出現奇怪的誤會，那也實在太讓人不爽了。

「森島同學還是一樣完全沒有學到教訓呢。」

邊笑邊說出這句話的人，是和後藤同學一起回到教室的立花同學。

「真是的，這傢伙根本沒有半點學習能力吧。」

後藤同學坐回自己的椅子，憤慨地這麼說道。而我也同意她說的話。

除此之外，森島重新振作的速度也很快。被後藤同學拖到地板上的森島迅速站了起來，宛如八卦新聞的記者一般逼近立花同學。

「立花同學！我聽說有個大學生向妳告白，結果妳二話不說立刻拒絕，還把人弄哭了，這是真的嗎？」

「嗯，是真的呀。」

立花同學臉上的笑容完全沒變，毫不遲疑地承認了。

「果然是真的！可是為什麼呢？」

「我可是考生耶，怎麼可能有時間跟人交往呢？」

「可是啊～如果對方是大學生，就可以請他教妳功課了吧？」

「大學生只要一進大學就不會好好念書了，根本派不上用場呀。」

和外表甜美可愛的氣質完全相反，她口中說出來的話相當辛辣。後藤同學曾說過立花同學的個性很正經，大概就是指這個吧。真令人意外，我開始覺得那些暗戀她的男生們有點可憐了。

「雖然對方有說『我會教、沒問題、任何問題都可以問』，可是他根本沒做過補習班講師或家教之類的工作，怎麼看都是那種輕浮愛玩的人。那時我剛好在參考書上看到一題不會寫的數學題目，就試著讓他解解看，結果他根本看不懂。」

「那樣太強人所難了啦。」

因為立花同學的數學成績，在全年級當中也是數一數二的。至於她手上的參考書，裡面肯定全是難上加難的題目。我們異口同聲地指出這一點後，立花同學立刻不滿似地鼓起了臉頰。

「因為現在可是最重要的時期耶，一個不小心，這場考試搞不好就會決定未來的人生呀！所以當然不希望有人打擾吧？」

「嗯哼～也就是說，妳現在完全不打算跟任何人談戀愛。」

「當然不打算～戀愛這種事情根本是浪費時間。大學入學考可是戰爭喔！周圍的人不是夥伴，全是對手。要是稍微有點疏忽偷懶，一瞬間就會落後別人了。想在這麼重要的時期談戀愛，實在讓我想說：『快看清現實吧！』」

我用眼角餘光偷偷看了後藤同學一眼，結果被她糟糕透頂的臉色嚇了一跳。立花同學毫無惡意的率直言詞，像箭一樣一根根刺在她身上，誠可謂瀕死狀態。這樣不太妙啊。

「你、你們兩個，馬上就要開始上課了，快回座位去吧。喏？」

此時預備鈴也剛好響了起來，所以他們兩人並沒有發現到我和後藤同學不自然的態度，各自回到自己的座位。

等到他們走開之後，我壓低了聲音，對身後的後藤同學開口。

「……後藤同學，立花同學她沒有惡意……」

「就是因為她沒有惡意，才加倍讓人難過吧。」

後藤同學低下了頭，嘆出一口氣。

「其實我也非常理解明日香說的事啊。都這個時期了，自己到底在幹嘛呢？明明連能不能見到面都不知道，卻還是一直花時間找人。應該早點回家念書才對，前陣子的模擬考結果也不是很理想……再這樣下去，要考上第一志願可能有點難度啊。」

「我上了高中之後就一直努力到現在了。」後藤同學如此低語，臉上帶著焦急的神色。

原來她從這麼早之前就已經決定好目標了嗎？「妳真的有在考慮將來的事情呢。」我輕聲這麼說道，結果後藤同學露出一副打從心底訝異的表情。

「這很普通吧？小幡同學難道不是這樣嗎？」

「我……」

這時正式的鈴聲響起，老師走進教室，於是對話就此中斷。

我並不是完全沒想過關於未來或是畢業後的出路之類的事。

雖然我沒有告訴後藤同學，不過之前一年級時經常拿到的畢業出路調查表上，我每次都寫了同一所大學。說真的，就算不上大學也無所謂，我反而更想快點出社會、快點脫離受人扶養的身分。對此，媽媽告訴我：「去念大學比較好，而且你不必擔心，一人份的學費我還有辦法賺。不要太小看父母了。」因為有這番強而有力的話，我才能毫無顧忌地選擇繼續升大學。然而重要的是要盡可能地壓低學費，同時也因為想減少其他支出，最好是選擇能從自家通學的學校。如此一來，能夠選擇的地方就不多了，我就是用這種消去法決定畢業後的出路。

看到我的選擇後，班導里中老師露出了有點古怪的表情，不過還是說出：「我覺得你應該可以把目標設在更好一點的地方，不過小幡同學是單親家庭，會有其他因素嘛。」就這樣接受了我的選擇。另外，媽媽也說了：「既然是你自己決定的學校，那就這樣吧。」表示認同之意。

所以這樣應該就行了。我一直都是這麼想的，可是到底是為什麼呢？目標都已經決定好了，接下來明明只需要朝著它前進就好，但我就是沒辦法專心用功。現在都已經六月了，像後藤同學那樣緊張焦躁才是常態，而我卻像是有東西卡在胸口一樣，完全感受不到那種心情。所以才會莫名地覺得立花同學說的事情彷彿與我無關，明顯感受到自己和其他同學之間的不同。這樣難道不行嗎？這樣難道並不是正確答案嗎？

「你怎麼了？表情這麼憂鬱。」

從隔壁傳來的聲音，讓我瞬間回神。直到我看見眼前這間比高中教室略寬的室內，我才注意到自己已經來到補習班了。抬頭往身旁一看，我那就讀其他學校的朋友正從書包裡拿出參考書。

「星野……」

星野露出有點感興趣似的表情低頭看著我。

啊啊，這裡也有呢。也有像後藤同學一樣認真考慮的人。

「發生什麼事了嗎？」

「什麼事……我只是在想，如果我像星野一樣認真的話，應該早就決定好畢業後的出路或將來的目標了吧。」

「哎，該決定的事情是都決定好了沒錯。小幡還在猶豫嗎？」

「我也不是在猶豫，只是該怎麼說呢，就是沒有那種感覺……」

沒辦法把心裡想的事情順利化成文字說出來，讓人有點心煩意亂。

「嗯哼。這個嘛，反正還有時間，你就一直煩惱到能夠接受為止，這也是一種方法吧？」

我重新抬頭望著輕描淡寫地對我提出建議的星野。從很早以前，我就認識這個曾經跟我同校又同班的朋友。他的個性有點老成，擅長照顧別人。跟他相比，我只覺得自己根本還是個小鬼。

偏短的黑髮，身高也只比我高一點點，幾乎一樣。另外雖然不及阿樹，不過他的長相也算是相當端正。感覺跟我手中握有的資訊多有相似之處。

（如果後藤同學暗戀的對象是星野的話啊……）

仔細想想，電車發車的時間也幾乎和補習班下課的時間相同，可能性應該不會是零吧。如果真的是這樣，我會覺得真是謝天謝地吧。

「星野，你是坐電車通學嗎？」

「不是，我是坐公車。」

「我想也是啊——」

心中暗自升高的期待，瞬間就被輕易粉碎了。這樣說也對，怎麼可能有這麼湊巧的偶然呢。

「問這幹嘛？」

「沒有啦，只是有點在意……另外再問一下，北高的社團活動大概到幾點結束啊？」

「嗯～運動性社團和靜態社團應該不太一樣，我不是很清楚耶。」

「是嗎？」

我原本以為應該多少可以得到一些線索，不過既然他不知道，那我也沒辦法。之後再去問問其他北高的人好了。想到這裡，我開始認真覺得還是需要一個北高的學生幫忙才行。就把後藤同學的狀況說出來，拜託星野幫忙好了。嗯，就這麼辦。

我想和星野解釋一下——不知為何他自言自語說著「也對，還有社團活動這個可能」——但是補習班的課程立刻開始，這個想法隨即被我驅趕到腦中一角，一不小心就忘記了。

因為我被半強迫地捲入後藤同學的戀愛事件當中，所以有好一陣子無法在環小姐的店裡露臉。等到終於獲得解放的週末，我便久違地造訪了加納裱褙店。仔細想想，其實並沒有隔很久，只是每天都發生許多事、過得太充實的關係，造成心理上有經過很長一段時間的錯覺。

穿過掛在店門口的門簾，出聲招呼之後，環小姐和阿樹兩人走了出來。他們平常總是滿臉笑容，今天卻用某種充滿憐憫的眼神看著我。看來他們似乎已經從新先生口中知道了後藤同學那件事情的始末。

「所以新先生呢？」

我聽說他在解決後藤同學的問題之前，會一直借住在環小姐的店裡，可是現在卻沒看到他那特徵明顯的身影。難不成今天也跑到車站前站崗了嗎？

「新先生今天去了公司喔。因為翹班太多天，所以被叫過去了。」

在我表達擔心之意後，阿樹一邊苦笑一邊這麼對我說。他會怎麼跟公司解釋呢？該不會真的老實說他要幫忙讓一個高中女生的戀情開花結果吧……不對，感覺他應該會說，甚至還會大力強調。他根本就是沒用的社會人士的最佳範本啊！雖然他不是人，而是滑頭鬼。

「洸之介不可以變成那個樣子喔。」

環小姐感慨良多地這麼說，所以我也感慨良多地回答「就算想也變不成」。

「今天揚羽他們好像不在呢。」

「揚羽和櫻汰今天去兵助家玩了，剛剛才走。」

「這樣呀。」

所以是我這次來訪的時機不好，正好錯開了吧。

「要是我早點來就好了。」

「不，你來的正是時候喔。」

環小姐邊說邊把黃色底布配上白色麻葉格狀花紋的和服袖捲起來。

「我接下來要幫新委託的浮世繪更換托裱紙，你還沒有做過吧？」

「讓我做沒關係嗎？」

「已經徵求過新的同意了。」

為新掛軸裱褙的方法，我已經學過一輪了。但是為原本就是掛軸的物品重新裱褙，或是修補破損等工作，至今還沒有實際接觸過。頂多只有在環小姐進行作業時站在一旁見習，或是幫忙處理雜事。雖說我是徒弟，但實際上跟外行人沒兩樣。至於裱褙，雖然有貼過紙卻沒有剝過紙。首次進行的作業，讓我有點緊張。

首先把托裱紙朝正面放好，用刷毛沾水刷濕，讓漿糊變得比較容易剝除。接下來，則是從角落一點一點地小心撕下托裱紙，同時注意不要傷到畫心。只要稍有疏忽，畫心就有可能受損破裂。新先生曾說他總是隨身攜帶，可能就是因為這樣，托裱紙劣化得相當嚴重，非常難剝。這是需要耐力與耐心的作業，等到全部剝下來，已經過了一段相當長的時間。當注意力不再集中，我立刻感受到一股強烈的疲倦。不過在旁邊一邊指正我危險的手部動作，一邊凝神細看的環小姐，可能更累也說不定。畢竟有好幾次我都差點弄破。

「相當累人呢。」

「這張畫還算小，有些畫可是比這個大上好幾倍喔。」

「嗚哇。」

我忍不住呻吟。

之後只要再托裱一次，就可以完成。我凝視著這張依然背面朝上的浮世繪。

「這張畫上的女性是新先生的戀人嗎？」

「哎呀，你是聽新說的嗎？」

「嗯，算是吧。環小姐知道新先生的戀人是怎麼樣的人嗎？」

「知道一點，因為她還挺有名的。」

「很有名嗎？」

「至少有名到可以讓人畫上浮世繪呀——你有聽過笠森阿仙（註10）這個人嗎？」

聽到這個突然迸出來的陌生名字，我搖了搖頭。

「她是笠森稻荷神社前的茶屋姑娘。是個相當驚人的美人，很受大家歡迎，所以一個叫做鈴木春信（註11）的畫師為她畫了一幅畫。在那之前，會被畫在浮世繪上的女人大多都是舞妓，幾乎沒有人畫普通的村姑。不過在阿仙廣受喜愛的明和時期（註12），以及之後由喜多川歌麿（註13）所代表的寬政時期則是相當流行。記得有人幫那些村姑們做了人氣位階表喔。」

又是位階表。江戶人真的很喜歡排名次啊。

「於是她們工作的店裡便湧進一大堆想看她們的客人。有些地方還傳出了因為客人太多，只好潑水趕走客人的事件。記得應該是……難波屋阿北（註14）的店吧。」

果然每個和平的時代都會不斷發生同樣的事情呢。我忍不住這麼想。

不對，這應該是男人的天性問題吧。也就是說不管哪個時代，男人都是不會變的。

「畫中的這名女性——理世，也是大受歡迎的村姑之一。她和阿仙一樣，都是江戶郊區一間神社附近的茶屋姑娘。」

「啊啊，所以才會拿著托盤。」

用現在的話來說，就是咖啡廳裡的女服務生之類的吧。可是她的表情看起來不像是在接待客人，感覺有點悲傷、有點苦悶，還有一點憂愁。現在的店員，每個人都跟站前速食店的店員小姐一樣，面帶開朗笑容的形象十分強烈。莫非那個時代並不是如此嗎？

我詢問環小姐，她歪著頭沉思。

「這個嘛，我不知道耶。因為沒有實際見過面，所以我也不知道她是什麼樣的人……記得阿樹應該有跟她見過面吧？」

這時，阿樹正好走進了工作室，時機準確到讓人懷疑他是不是一直在偷看我們。

「你們結束了嗎？要不要休息一下？」

「你來得正好。阿樹，你有見過這位女性嗎？」

「妳說理世小姐嗎？見過啊。因為新先生有帶我去過理世小姐的店。」

原來阿樹曾經見過她嗎？

「那個，我覺得這張畫中的女人，看起來有點陰沉的感覺。」

❖註10：笠森阿仙（1751-1827），在笠森稲荷神社的茶屋工作的店舖姑娘，被譽為江戶三大美人之一。

❖註11：鈴木春信（1724-1770），江戶時代中期的浮世繪畫家，以創作美人畫著名，畫中的女性多是腰肢細瘦、身材纖巧的仕女。

❖註12：明和時期為一七六四至一七七一年，後文提及的寬政時期為一七八九至一八〇一年。

❖註13：喜多川歌麿（1753-1806），浮世繪最著名的大師之一，善於描畫女性頭部為主的美人畫，以舞妓、花魁、村姑等無名的女性為題材，這些女性也會因成為歌麿筆下的模特兒而成名。

❖註14：難波屋阿北（1778-不詳），因被喜多川歌麿描繪成畫而出名的茶屋姑娘，是寬政三美人之一。

「會嗎？可是她並不陰沉呀。我去的時候，她還相當開朗地對我打招呼呢。雖然可能是因為我和新先生坐在一起的關係，不過她的確是個親切又漂亮的好姑娘喔。感覺可以理解她為什麼會受到大家喜愛。」

說到這裡，阿樹回過神似地猛然按住自己的嘴巴。他大概是覺得在自己喜歡的女人——在環小姐面前誇獎其他女人，是種非常不智的行為吧。不過當事人不知道是沒注意到，還是明明注意到了卻刻意無視——我猜應該是後者——自顧自地說了下去。

「他們雖然有順利成為一對戀人，但是好像馬上就分開了吧？」

「沒錯沒錯。聽說是因為她想不開，所以強迫新先生一起殉情。」

「殉情？」

從這段話的走向來看，這裡所說的殉情應該不是那種殺死戀人再自殺的殉情，而是互相愛慕的兩人一起自殺的那種殉情吧。因為此生無法結合，所以期待來生能夠在一起，然後相約一同自殺。然而阿樹剛剛卻說她強迫新先生這麼做，事情會不會發展得太詭異了一點？

「所以他們就這麼分手了。詳細情形我也不是很清楚，總之新先生就從她面前消失了。他明明一直假扮成人類，而且也有份正當的工作，但是他把這些長年累積的成果全部捨棄，甚至還為了將來擦身而過時也不會被認出來，連外貌都一起改了。在那件事之前，新先生的樣子其實更年輕，看起來大概二十多歲而已吧。」

「可是他一直很珍惜這張畫，而且還隨身攜帶，就表示他至今都沒有忘記這個人吧？」

我想起了新先生之前在速食店裡露出有點寂寞的側臉。

——如果可能的話，真希望能再見她一面。

這句在後藤同學和我面前吐露出來的話，一定是新先生的真心話吧。因為我和後藤同學都不清楚新先生的過去，所以他才會一時說溜嘴也說不定。

「另外，新先生好像也是在同一時期開始他的惡作劇。有一次，他在環小姐的工作室裡惡作劇，結果被狠狠罵了一頓對吧？在那之後，他甚至連工作室都不再進去了。」

「那是當然的。」環小姐有點面帶怒色地接了下去。「為了區區的惡作劇，重要的工具就被人隨便亂碰，怎麼可能會有人不生氣呢！」

環小姐的這番話再正確不過了，但是會讓她氣到這種程度，肯定是做了天大的惡作劇吧。話說回來，真的生起氣來的環小姐，到底會是什麼樣子？我完全想像不出來。

這時，阿樹像是想起了某件事一樣，開口詢問環小姐。

「新先生應該還有一張理世小姐的畫像吧？」

「有啊，是那幅肉筆畫的掛軸吧。因為裝裱變得破破爛爛，所以我之前重新裱褙過了。」

「原來是這樣。我那個時候也是第一次看到，之前從來沒聽說過啊。」

「請問新先生現在還留著那幅畫嗎？」

「不，我想應該已經不在新先生手上了。」

為什麼呢？像這張浮世繪，他明明就是夾在記事本裡，不管去哪裡都帶在身上啊。雖然肉筆畫沒有辦法隨身攜帶，不過這可是最重要的人的畫像，正常來說應該是不會放手吧？

「那麼那幅畫現在在哪裡？」

「這個嘛，詳細情形我沒有多問……記得他好像有說是寄放在某處了吧。」

至於那個某處是哪裡，就連環小姐也不是很清楚。原來環小姐也有不知道的事啊，但是這麼一來實在令人很介意。那個某處到底是什麼地方呢？下次見面的時候就來問問看吧。我一邊看著理世小姐的畫像一邊這麼想著。

當我想起打算拜託星野幫忙尋找後藤同學的暗戀對象的計畫時，時間已經過了週末，來到星期一了，而且還是在補習班上課上到一半的時候。我竟然忘記這麼重要的事，也真是夠蠢的。我忍不住鄙視自己，這實在是蠢過頭了。

下課後，就在我準備逮住星野而站起來的那一瞬間，星野在北高的朋友杉浦搶先叫住他。

「星野，再不快一點，公車就要跑走了！」

雖然聽見了杉浦的催促，不過星野卻還是好整以暇地玩著手機。

「沒關係，我今天要去坐電車。」

電車？這不太對勁，星野應該是坐公車通學才對。之前我有問過他本人，而且也看過他朝著公車站牌衝過去的樣子。難道他也可以坐電車上下學嗎？可是從他們的對話內容看來，好像只有今天而已，那也同樣令人費解。

無視於我心中的混亂，杉浦只說了一句「啊啊，是嗎」，然後就乾脆地離開了。跟不上狀況的人只有我，而我正呆站在原地，試圖整理這一切的時候，星野滿臉笑容地主動接近我。

「小幡，我正好有事想問你。你們結高的社團活動大概是幾點結束啊？啊，只要說個大概的時間就行了。」

這個問題，我好像在哪裡聽過。不就是幾天我對星野提出的問題嗎？難不成？某個想法開始迅速膨脹起來。雖然知道事情不可能這麼順利、不可能會有這麼驚人的巧合，但也無法否定心中這股小小的期待。反正都到這個地步了，試著確認一下也不會有什麼損失吧。

「星野……我想問你一件別的事……」我吞了一口口水，然後繼續說下去。「大概三個星期前，你有在現在這個時段坐電車回去嗎？」

「有啊。我偶爾會去我表哥的家裡住，那個時候就會搭電車。」

「那個時候，你有沒有碰到一個把東西忘在車上的結高女生，然後你把東西送回給她？」

星野打從心底訝異似地瞪大了眼睛。

「你怎麼會知道這件事？」

不用再懷疑了，可以確定了。

我先擋下想要追問我為什麼會知道這件事的星野，拿出手機迅速撥出一通電話。今天後藤同學會不會也是老樣子，待在那間速食店裡呢？如果新先生也在的話，可能又會因為夜路危險之類的理由，讓她早點回家也說不定。

接起電話的後藤同學似乎有點訝異我突然打電話連絡。

「妳現在在哪裡？」

我實在沒有耐心說明原委，乾脆跳過所有的說明，直接發問。

「現在？就在那間速食店，啊，大叔也在喔。他今天也叫我早點回家，但我硬是留下來。」

「運氣真好。」我心想。說的不是我，而是後藤同學。

我單方面地對後藤同學做出指示，要她在那邊等著，隨後掛斷電話。然後我再轉頭看向星野，拜託他前往車站，但是不要搭上電車。

「咦？為什麼？」

「總之你就在車站的剪票口等著啦。」

我扔下了滿心困惑的星野，抓起書包衝出教室。就這樣連傘都不撐，直接衝進附近的速食店。在店內望了一圈後，發現新先生和後藤同學就坐在老位子上，我隨即衝了過去。全身濕透又上氣不接下氣的模樣似乎讓他們嚇了一跳，只見兩人彷彿說著「發生什麼事？」般瞪大眼睛。

「小幡同學，你怎麼了？」

我稍微調整一下呼吸，然後對她說。

「我找到了。找到後藤同學要找的那個人。」

「咦？」

「我要他在車站那邊等著。走吧。」

後藤同學似乎有點呆住似的，臉上仍然維持著不敢相信的表情，生硬地點了點頭。我們連忙走出店裡，朝著車站前進。車站前已經被下班回家的上班族，還有從補習班下課的學生擠得水洩不通。而且因為下雨的關係，視線都被雨傘擋住，視野狹窄到不能再窄了。在這蜂擁的人潮中，我們有辦法迅速找當星野嗎？不對，在此之前，他真的會乖乖在這裡等嗎？我有點不安，不過最後還是在各色雨傘的縫隙之間，看到了站在車站入口處的星野。我暗自鬆了口氣。

「是不是那個人？」

我這麼一問，後藤同學似乎也捕捉到了星野的身影，臉頰瞬間漲紅。

「沒、沒錯……」

可是她的臉卻在下一秒越變越蒼白。眉毛下垂，露出一副隨時都會哭出來般擔心的表情。

「怎、怎麼辦，小幡同學。我是想過等到和他見面時，有很多話想對他說。可是現在我一句話也想不起來，腦袋裡一片空白，不知道要跟他說什麼才好……」

她握著雨傘把手的手不斷發抖，相信理由一定不是因為梅雨的寒冷。

「先為之前的事情向對方道謝，問出名字，然後再交換連絡方式怎樣？」

「這怎麼行，我沒辦法做到這種程度啦。他說不定會覺得這個女人怎麼這麼緊咬不放，根本是個肉食女（註15），然後退避三舍……要是變成這樣的話……」

「不會啦，妳想太多了。」

後藤同學豐富過頭的想像力，讓我全身感到沒力。我真的覺得這些都是無謂的擔心，因為星野好像也記得後藤同學，而且更像是在意著她的樣子，搞不好早就有譜了也說不定。

雖然我幫她打了氣，但後藤同學依然像是兩腳在地面上生了根一樣，始終不打算離開原地。還像個壞掉的玩具似地反覆說著：「該怎麼辦……」她一直尋找的對象明明就在眼前啊。我有點失去耐性，正在考慮乾脆直接把她拉過去算了的時候——

「後藤同學。」

不知不覺來到我們後面的新先生，喊了後藤同學的名字。

「沒問題的。事情一定會順利發展，妳要有信心——不要像我一樣後悔莫及。」

新先生露出了非常溫和的微笑，用非常平穩的聲音對她這麼說。

後藤同學也凝視了新先生好一陣子，用力點了頭後，彷彿下定決心般朝著車站方向前進。可能是因為過度緊張，她全身上下都在用力，動作十分僵硬。看著那個宛如遠赴戰場的武士的背影，我有點提心吊膽。她沒問題吧？真讓人擔心啊。不過都來到這一步了，我什麼忙也幫不上，只能在心中默默送出聲援。笑容！要有笑容啊！後藤同學！

大概感應到一股鬼氣逼人的感覺，星野轉頭看了過來。他看到了後藤同學，嘴巴做出了「啊」的嘴型。另外不知道是不是我的錯覺，他的臉好像多了一點紅暈。

後藤同學收起雨傘，緩緩靠近星野，站在對方的面前。她的耳朵一片通紅，緊緊壓住不斷發抖的手腳，強忍著不讓自己哭出來，然後用戀愛中的女孩子的表情開了口。

——那個……

直到面帶笑容的兩人消失在剪票口後方，我們才往右轉，緩緩離開。才剛走出去沒幾步，新先生就突然大叫一聲「啊啊！」把我嚇得心臟狂跳。

「我們剛剛忘了收拾店裡的托盤，就這樣跑出來了！」

「因為很急嘛。」

雖然有點內疚，不過我們算是熟客了，希望店家可以稍微寬容一點。

我安慰著焦慮的新先生，再次開始在雨中前進。很難得的是，新先生什麼話也沒說，所以耐

❖註15：指對於戀愛積極，會主動追求男性的女性。

不住沉默的我一不小心就問了出來。

「新先生，你有把以前的戀人……把理世小姐的事情告訴後藤同學嗎？」

「不要像我一樣後悔莫及」，後藤同學看起來似乎知道這句話背後的含意。也就是說，後藤同學知道新先生和他以前的戀人之間發生了什麼事。

「你聽說過那個人的事了？」

「環小姐和阿樹有說了一點。」

「是嗎。我剛剛也是因為後藤同學強求我幫她打發時間，所以不小心說了一點。」

女生真的很喜歡戀愛故事呢。看到她那股氣勢，肯定想逃也逃不掉吧。

我很在意新先生後悔的理由，不過現在實在不敢問。所以我決定問問看當時聽了環小姐的話之後，心裡一直很在意的一件事。

「我聽環小姐說，理世小姐的畫像好像還有一幅。」

「你連那個都知道了啊？」

「而且那幅畫好像已經不在新先生手上了。請問這是為什麼呢？」

新先生沒有回答，而是伸手按住下巴，做出沉思貌。

「說的也是，就難得過去見她一面好了。不過今天這個時間已經沒辦法了，明天再去吧。」

「咦？」

新先生從口袋裡拿出手機，開始打電話。

「喂，是兵助老弟嗎？嗯，我有件事想拜託你……因為我突然難得地想要看看她的畫像，對，可以幫我打聲招呼嗎？……是，因為是突然想到的。嗯，我和小幡同學……咦？環小姐？啊啊，說的也是，反正機會難得，就順便邀她一起去吧。是該讓她看看她親手裱褙的畫現在變成什麼樣子了……什麼？環小姐在場會有什麼問題嗎？好，我知道了。」

新先生掛上電話，轉身笑著對我說。

「那麼，明天你放學之後，在結之丘市立博物館前集合吧。」

因為在我回答之前，新先生不知不覺就消失了蹤影，讓我無法拒絕——之前好像也有過類似的狀況啊——所以等到隔天放學後，我便朝著結之丘市立博物館前進。

不過在這之前，後藤同學在我正準備踏出教室的時候叫住了我，然後簡短地報告了之後的經過。提到星野時，後藤同學一直都是滿臉笑容，讓我也跟著高興了起來，努力奔走終於有了回報。除了聽到好消息、心情跟著變好之外，今天還是個讓人差點忘記梅雨季節的大晴天。反正目的地距離學校也不是很遠，所以我決定用走的。

讀小學的時候，我曾經因為戶外教學而去過結之丘市立博物館，不過後來就再也沒去了。看到這棟許久不見的水泥建築物，我的第一印象是好像比我記憶中小了一點。大概是因為小學生時期的身體比較小，所以才覺得博物館很大吧。

指定在博物館集合，就表示畫像是被寄放在這裡吧。以一個寄放地點來說，這裡算是相當適合，不過中間到底發生過什麼事，才會把畫寄放在這裡呢？新先生不是結之丘市的市民，甚至不是人類。兩者之間到底有什麼連接點呢？

我仰望著博物館入口。入口處的公布欄上貼了一張海報，上面寫著活動與特展的日期。記得這裡是兵助先生舉辦裱褙展覽的預定地點吧？我再次確認海報，活動名稱確實出現在特展的日期欄位裡，地點果然是這裡沒錯。

我呆立在入口前不動，這時背後突然有人叫了我的名字。

「小幡同學，讓你久等啦。」

回頭一看，發現臉上笑容比平常更加燦爛的新先生、身穿深藍色百合花紋和服的環小姐，還有看起來似乎不太高興的兵助先生，三個人就站在眼前。

「那麼，我們走吧。兵助老弟，就麻煩你了。」

「真是的，要求得這麼突然。」

兵助先生一邊不開心地碎碎念，一邊率先通過自動門，走進博物館內。他和面帶微笑的櫃檯小姐說了幾句話，櫃檯小姐對兵助先生點了點頭，隨即走進後方一間看似辦公室的房間裡。代替她出面接待我們的，是一位看似博物館職員的女性。她把一頭直髮紮成馬尾，年紀大概和兵助先生差不多，可能稍小一點。她的視線在兵助先生，還有新先生身上停留了一下，隨即笑著說道。

「武井先生，好久不見了。」

「是啊，望月小姐似乎也一切安好，真是太好了。這次突然過來麻煩妳，真不好意思啊。」

「不會，如果只是這點小事，歡迎您隨時提出來。」

「謝謝妳。啊，望月小姐，這兩位是環小姐和小幡同學，我非常希望能讓他們看看那幅畫。望月小姐是這間博物館的館員，我多年以前就一直受她照顧。啊啊，在這邊站著說話實在不好，我們快走吧。」

看著出言催促的新先生，望月小姐苦笑了一下。

「那麼，請往這裡走。」

我們被望月小姐帶到裡面的房間。這裡放著幾張桌子和椅子，感覺就像是教室一樣。最前面的桌子上，放著一個細長型的木盒。望月小姐從裡面拿出一幅掛軸，用箭羽桿——在竹棍末端裝上一個Y型掛鉤的工具——把掛軸的繫帶吊在牆上的掛鉤，然後緩緩展開。

接近黑色的深藍色一文字，乳白色帶著些許花紋的隔水與邊，還有紫色的天地。被這裝裱包圍在中心的，是一幅畫著年輕女性的畫。這位女性應該也是理世小姐吧，拿在手裡的托盤和髮型，都和另一張浮世繪一模一樣。然而不同的是，可能因為這幅畫是用毛筆繪製的，整體的感覺相當不一樣，幾乎讓人懷疑是不是同一個人。感覺相差最多的，就是畫中人物的表情吧。

（這邊的這幅畫，感覺比較開朗一點。）

漆黑豔麗的髮絲，帶著一抹紅潮的臉頰。還有嘴角上揚的嘴唇，和筆直望著前方的眼眸。既開朗又活潑的店舖姑娘。我覺得如果是她，的確有可能博得村民的好評，吸引客人蜂擁而至吧。可是另一張版畫，那個看似陰沉、帶著憂鬱表情的女性，也是理世小姐吧？明明是同一個人，卻因為作者和畫法不同而出現這麼大的差異，真的讓我很驚訝。

可是，到底哪一邊才是真正的理世小姐呢？

「因為有武井先生的善意提供，我們偶爾會把這幅畫拿出來展示。這幅畫非常受到大家歡迎喔，而且保存狀況很好，畫面也極美，此外最重要的是這位女性充滿了魅力，有很多人都在詢問這位女性是誰，還有這幅畫的作者是誰等等。」

望月小姐有點得意地說道。

新先生瞇起了眼睛。

「是嗎。在這個時代，她也一樣很受眾人歡迎啊。」

他的表情看起來有點高興，不過卻也有點寂寞。

之後，我們一同鑑賞著理世小姐的畫。不過閉館時間將近，所以我們也早早結束，移動至玄關大門。這時，笑容滿面的望月小姐開始向我們宣傳。

「之後會有佐伯先生他們的展覽，希望各位務必前來欣賞。」

當事人兵助先生有點不好意思地抓了抓頭。看來這場展覽的負責人就是望月小姐，所以兵助先生才會和望月小姐認識啊，我總算了解了。

雖然知道了另一幅理世小姐的畫像的下落，不過謎團只變得越來越糾結難解。像是新先生是如何和理世小姐相遇，以及為什麼她會走投無路到試圖殉情。新先生說的後悔又是什麼呢？但是望月小姐在場，所以我實在沒辦法當場問清楚。

和望月小姐道別之後，我們離開了博物館。然後直接坐進兵助先生的車子，朝環小姐的店面前進。直到抵達店內，走上了負責看店的阿樹、揚羽和櫻汰所在的和室裡，始終緊閉著嘴巴的新先生才總算開口說話。

「她……理世是江戶郊區一家茶屋老闆的女兒。」

新先生喝了一口環小姐泡好的茶，突然開始說了起來。

大家好像都是第一次聽到新先生的往事，連櫻汰和揚羽都瞬間安靜下來，認真聆聽。

「我和那個人第一次見面，是在她的家裡。因為我當初偷偷溜進去的住家剛好就是她家啊，結果在我準備好好休息的時候，和回到家中的她撞個正著。」

有個不認識的人在自己的房間裡休息，理世小姐應該也被嚇了一大跳吧，我忍不住同情。而且對象還不是人類，是個滑頭鬼。

「我覺得不太妙，但是模樣都已經被人看見，想逃跑也有點來不及了。所以我想乾脆光明正

大一點，搞不好她會以為我是這家人的朋友之類的，然後就能順利過關。於是我模仿人類的習慣，開口打了聲招呼。」

——妳回來啦。

新先生努力保持著自然的態度，像是對著家人一般對著她說道。

結果出乎意料的是，理世小姐竟然當場蹲下，突然大哭了起來。

「雖說是茶屋老闆的女兒，不過她並不是親生的，而是養女。原本是茶屋老闆遠親的女兒，後來她的父母因傳染病而去世，無依無靠才被收養。美貌動人的她，才剛開始在店裡工作，馬上就變成大受歡迎的人物。她的養母和姊姊似乎相當嫉妒，總是在背地裡做一些扯後腿的事。這時她的浮世繪畫像開始流傳，客人跟著增加，扯後腿的行為也變得更激烈。我就是在這個時候，和她相遇的。」

在不熟悉的家人之間生活所帶來的不安、養母她們的扯後腿行徑，以及對與日俱增的客人累積的不滿，使得理世小姐的內心在那個時候已經瀕臨崩潰邊緣。此時，新先生這個超乎想像的人物突然出現，讓原本緊繃的心情突然鬆懈下來，所以她才無法控制自己的眼淚。

面對這個突發狀況，新先生似乎也很傷腦筋，一時之間只能驚慌失措。他先向理世小姐說明自己只是個滑頭鬼，不是什麼可疑人物，然後再拚了命地安慰對方。後來新先生就一直在意著她，偶爾也會去她的房間看看。

「有時是我聽她說話，有時則是我告訴她江戶裡發生的事情。至於她不在房間的時候，我就留下一些當季花朵之類的東西，稍微惡作劇。這麼一來她就會知道我來過，而且她每次發現我的惡作劇時，看起來總是非常開心。」

「這就是新先生開始惡作劇的起源嗎？」

阿樹發問，而新先生則是笑著點頭。

「到最後，我被那個人吸引了，她似乎也一樣，所以我們自然而然成為一對戀人。同時也開始在茶屋之外的地方見面，是我拉著她出門。那個人的世界一直都侷限在那間小小的茶屋裡，我認為她要是能來到外面、拓展見聞、看看這個世上有多麼廣闊、存在各式各樣的人，相信她一定會改變。而且她實際上也真的改變了，從原本再怎麼笑也帶著某種陰影、像是硬擠出來的笑容，變成了非常自然，而且更加耀眼的美麗笑容。對此我感到很高興，這麼一來她就不會有問題了。就算我不在，她也一定能夠好好活下去。我非常確定。」

即使變成人形，混在人類當中工作，新先生仍然是叫做滑頭鬼的妖怪，即使他和身為人類的理世小姐成為戀人，也不可能在真正的意義上結合在一起。那似乎是早就知道將來一定會分開的戀情。他也曾對理世小姐有意無意地暗示過這件事，所以新先生一直以為她也能夠理解。

「可是啊，那只是我一廂情願。」

對自己懷有敵意的養母和姊姊，以及明明知情卻始終袖手旁觀的養父，還有一群只看外表、以言詞騷擾自己的客人。在這個沒有同伴的世界裡，只有新先生是理世小姐的同伴。就算拓展了視野、就算知道世上有各種人存在，其中可能會有願意成為自己同伴的人，但實際上支撐著理世小姐的仍然是新先生，以及她對新先生的愛慕之情。理世小姐的轉變，並不是因為她的世界變得寬廣，而是因為她喜歡上新先生的緣故。所以她似乎一味地認為自己的希望以及未來，全部都包含在這段戀情之中。

——如果真的沒有辦法在一起的話……於是，她最後決定選擇殉情一途。

「在那之前，江戶曾經興起一股自殺風潮，嚴重到當時的幕府必須下令禁止自殺的程度。可能就是因為這樣，當時人們有『一起死亡就是終極的愛情表現』之類的想法。她的心意我雖然很高興，可是，那並不是我的本意。我真實的希望是想看到她活下去，並且獲得幸福——我在那個人的身邊只會害了她，所以我下定決心離開她身邊。」

新先生把他用人類身分累積起來的事業、地位、人際關係全部捨棄掉，從理世小姐的面前消失。整個「新先生」徹底從人類社會裡消失無蹤，一點痕跡也沒留下。

然後，他轉變成從遠方悄悄守護著理世小姐。

突如其來的單方面分手之後，據說理世小姐因為打擊過大，有好一陣子一直鬱鬱寡歡。但是在養母的斥責之下，才勉為其難地出現在店裡。

起初，她的神情依然灰暗，不過之後就像是放下了對新先生的思念，漸漸取回了她原本的笑容。她當時的笑容，比新先生還在身邊時更加光輝燦爛。新先生有點懷念似地這麼說道。

「理世小姐後來怎麼了？」

「過了一陣子就嫁人了。」

「咦？」

聽到新先生平靜乾脆地回答，我和櫻汰忍不住喊了出聲，但他口氣依舊淡淡地說下去。

「正確來說應該不是結婚，因為她和阿仙一樣沒能成為正室，是以妾的身分嫁入了武士家。不過她生了好幾個孩子，也活了很長一段時間。而且當時妻妾成群非常普遍，成為小妾也不是什麼不名譽的事。在當時的女性當中，其實更像是人生勝利組。」

「是這樣嗎？」

我詢問一直默默聆聽的環小姐，而她回了一句「沒錯」，表示肯定。

「對方似乎從以前就一直喜歡著理世，那幅掛軸就是證據。繪畫是當時武士必備的教養之一，他也曾基於興趣畫了幾幅畫。我還在那個人身邊時，他就已經常以客人的身分來訪茶屋了。對她一見鍾情之後，他一邊想著那個人，一邊畫出了那幅畫。最後那幅畫出現在市面上，我便買了下來。原本那幅畫裡就已經滲入他對那個人的思念，而我的思念……說來慚愧，我對那個人的留戀又再加了上去。那份思念開始漸漸侵蝕我的身體，最後是由環小姐識破了這一點。」

「妖怪也是會被思念影響呢。」新先生彷彿事不關己似地這麼說完，喝了一口茶潤潤喉嚨。

後來環小姐發現新先生身體虛弱的原因在於那幅畫之後，便動手重新裱褙，將思念平撫了下來。

「可是，為什麼要把畫寄放在博物館呢？」

「因為我覺得那幅畫不該放在我的手邊。那幅畫中的理世，是那位作者眼中的她。我覺得不該把她關在我的身邊，所以決定放她自由。透過兵助老弟的幫忙，交給了博物館，如今看來似乎還是有很多人喜歡她，我也放心了。」

新先生打從心底放心似地微笑，喝光了杯子裡的茶。

然後立刻說道「我去一下洗手間」。

當新先生走出去，發出關上格子門的聲音之後，一直安靜聆聽的櫻汰和揚羽相當訝異似地討論：「原來新先生曾經碰過那種事啊。」過了一陣子，原本以為新先生就要回來，但他馬上又抱著公事包走向店門口。

「那麼，我就先告辭了。」

說完，他立刻瀟灑地走出店外。因為動作實在太快，而且實在太自然了，讓人有種才剛發現，對方就已經不見人影的感覺。記得他上次回去的時候，動作也很快，搞不好這是滑頭鬼的天性也說不定。因為他們會擅自進入別人的家中，要是被人發現就糟了，所以才會擁有迅速脫逃的本領也說不定。

當新先生穿過門簾，走到外面去的時候，我突然想起有件事情必須轉告他，於是我趕緊套上鞋子，衝出店外。

「新先生！」

我朝著那個走在石版路上的細長背影喊了一聲。新先生停下腳步，回過頭來。

「怎麼了？有什麼事嗎？」

「我要告訴你關於後藤同學的事。在那之後，他們成功交換了連絡方式，似乎發展得很順利。她要我一定得向新先生道謝。」

「是嗎。」

「雖然剛開始是從朋友做起，不過我猜那兩人之後應該會在一起。」

我報告完畢之後，新先生相當高興似地笑開了臉。

不知為何，我突然覺得必須掌握現在。如果現在不問，將來就沒有機會了。

「新先生……你會後悔認識理世小姐嗎？」

他對後藤同學說了後悔二字，對此我一直介意到現在。如果只從剛剛那段話來判斷，前半生過得十分辛苦的理世小姐，雖然歷經了許多事，不過最後仍然得到了人人稱羨的幸福。沒錯，就像灰姑娘一樣。用童話來說，就是從此過著幸福快樂的日子，然後結束。

明明應該是如此，那麼新先生說他一直在後悔，又是怎麼一回事呢？

「是有一點，不過……」

新先生忽然抬頭望著日暮時分染成一片橘紅的天空。

「如果我能回到那一天，再次和那個人相遇的話，我一定會做出同樣的事吧。和那個人相遇、共同生活、墜入愛河……我並不後悔做過這些事。我想要支持那個遍體鱗傷、疲憊不堪的人，直到她的傷痛痊癒為止，而我只要能在那個時候陪在她身邊就好，在她能夠自己邁出第一步之前待在她的身邊就好。當時我以為自己是為了她著想，不過現在回想起來，我只是想跟她在一起而已，結果全部都只是為了自己。」

新先生的表情彷彿正在嘲笑自己一般扭曲著。

「理世也真是的，如果她能為了找到好對象、飛上枝頭變鳳凰而反過來利用她的立場，這樣倒還比較好。就像其他茶屋姑娘一樣，她要是可以再強悍一點、再狡猾一點，就不會變成那樣，如此一來就能活得更輕鬆。然而，她卻是個生性認真、努力不懈，而且笨拙的人。我也因此才會被她吸引，但最後卻把她逼上絕路。直到現在，那個人哭泣的模樣依然烙印在我的腦海裡。如果我換一種方式對待她，說不定就可以不用讓那個人受苦了……只有這一點讓我非常後悔。」

理世小姐生存的時代是距今兩百年以前，就算做出任何假設，也是無濟於事，過去是無法改變的。若是一直囚禁於過去，一直持續後悔，也只會讓自己痛苦而已。

但是，看到他臉上悲痛的表情，我實在沒辦法把這些話說出口。

「新先生，我可以再問一個問題嗎？」

「可以呀，你想問什麼？」

「為什麼你要惡作劇呢？」

新先生先是露出了有點意外的表情，然後笑著回答。

「因為那不是很有意思嗎？」

那似乎是新先生的真心話。的確，之前櫻汰他們到處搜尋他留下的惡作劇時，看起來真的很開心，所以我無法反駁。新先生的記憶裡，大概還殘留著理世小姐當初滿心期待惡作劇出現的模樣吧，還留著她發現新先生來過而高興不已的模樣。

這時，也不知道時機是好是壞，店鋪方向傳來了兵助先生大吼著「少多管閒事！」的聲音。

聽到這個聲音，新先生開口說道：

「哎呀，已經被找到了嗎？」

他邊說邊縮了縮脖子，所以我看得出來原因出自新先生的惡作劇。這次他好像也在沒人發現的時候，在店裡留下了惡作劇。我完全沒注意到。

「要是被兵助老弟逮到就麻煩了，我先告辭了。啊啊，要是有什麼事的話，請打這邊這支電話連絡我吧。」

新先生從懷裡拿出一個銀色的盒子，再從裡面拿出名片遞給了我。然後他往後轉身，迅速邁步前進。才一轉眼，他的背影就消失了。

「真是的，逃跑時的腳程還是這麼快。」

「嗚哇！」

身旁突然傳出一個說話聲，把我嚇得心臟差點跳出來。我完全沒發現，不過環小姐早在不知不覺間站在我身邊。真的感覺不到任何氣息，實在不像人類啊。啊，對了，她是妖狐嘛。

「那幅掛軸應該是理世和新正在相戀的時期畫出來的吧。」

「應該是吧。」

「哎，雖說戀愛都是盲目的，而且畫裡應該也有作者某種程度的主觀意識。可是再怎麼說，一個表情憂鬱的姑娘不可能被畫成那麼開朗活潑吧？這就表示那份開朗是真實的。讓她變得如此開朗的人並不是那幅畫的作者，改變她的人應該是新吧？」

「明明活了這麼久，為什麼連這點事情都沒注意到呢？」可能是對他的遲鈍有點不耐煩吧，環小姐語氣憤然地這麼說道。

沒錯，理世小姐是因為和新先生相遇、相戀，才出現改變的。如果他們沒有相遇，她會在家人的欺凌之下一直消沉下去，永遠留在那間茶屋也說不定。如果理世小姐是灰姑娘，那麼新先生的角色雖然不是王子，卻是在灰姑娘身上施法的魔法師吧。

「不論人類或妖怪，都很容易因想法不一致而彼此傷害。大家都是這樣慢慢學習成長的，所以我覺得新大可不必對此感到內疚。」

的確，在新先生消失後，理世小姐應該感受到非常強烈的失落感，深深受到傷害，或許還曾經怨恨過新先生吧。可是她並沒有因為受傷而裹足不前，新先生也說她後來漸漸恢復了笑容。這都是多虧有新先生拓展了她的世界，以及周圍的人們也向她伸出援手的關係。在這些人的幫助之下，我想就算無法完全治癒心中的創傷，但至少可以讓傷口變小一點。有時接觸他人的溫柔，有時把失戀當成教訓。總之告訴自己不能再這樣下去，必須更堅強地活下去。

此外，我想她或許也能夠理解新先生的苦心吧。就算不是在她和新先生分開之後立刻理解，但至少在她逐漸成長，找到必須保護的重要東西之後，也一定會理解的。這只是我個人的希望，但我真的很希望會是如此。

這麼說來，我到現在還不知道新先生的名字呢。我突然想到這件事，於是看了看他交給我的名片。當初望月小姐稱呼他「武井先生」，所以那應該是姓氏吧。我把寫著英文的名片翻了過來，名片背面是用漢字和片假名寫出來的公司地址和電話號碼，還有業務部長這個頭銜。最後則是新先生的本名——武井新左衛門。

「打扮成那個樣子，名字卻叫做新左衛門？」

時代錯亂也該有個限度吧！那些他工作上合作的人，拿到這張名片時難道不會嚇一跳嗎？如此強烈的衝擊感，對業務員來說可能是一件好事，不過還是很詭異吧。明明換成更現代的名字會比較好啊，不對，話說這張名片，應該不是某種惡作劇吧？感覺很有可能。搞不好他正躲在某個地方偷看我們，然後偷偷取笑我的驚慌失措……

然而這個推測似乎完全錯誤，因為環小姐一臉無奈地補充說道：

「因為她是這樣稱呼新的，所以新似乎不想改名。」

也就是說，這並不是惡作劇，而是本名。不對，本名這個說法其實也有點怪怪的。

「那張浮世繪現在怎麼樣了？」

「今天新把它拿回去了，就夾在那本記事本裡。」

環小姐朝著新先生消失蹤影的綾櫛小巷看去。我也模仿著自己的師傅，將視線轉向稍稍灑落橘紅色落日餘暉的石版路。

我再次看了看剛剛拿到的名片，捏著名片的手指微微加重力道。

等到理世小姐的畫像在博物館展出的時候，就打這上面的電話通知他吧。我突如其來地兀自做出這樣的決定，因為我想讓他看看許多人欣賞著理世小姐的畫像的樣子。

然後我也希望將來有一天，新先生能從禁錮著自己的「後悔」當中獲得解放，不論是那張版畫或是那幅肉筆畫，都能以毫無陰影的燦爛笑容欣賞，不再出現寂寞或心酸的表情，就像當初待在理世小姐身邊時一樣。我一邊凝視著被薄暮緩緩包圍的綾櫛小巷，一邊這麼想著。

第四章

人類的故事 之二

在加納裱褙店裡，大家集合的中心地點，就是在靠近店門的和室裡的矮桌周圍。雖然沒有什麼特別的地方，不過大家總是自然而然地圍著矮桌坐下，各自拿出自己的遊戲機或書本，或是躺下睡午覺，度過一段悠哉的時光。不時喝一口環小姐泡的茶，吃一口阿樹從女朋友那邊接受施捨的點心，有時還可以吃到豐盛的正餐。所以我也經常遇上才剛進門沒多久，矮桌上就立刻擺滿了裝有豐盛菜餚的盤子的狀況。然而，那天似乎有點不太一樣。

前一天，我的手機收到一則揚羽發的簡訊。打開簡訊後，發現她要我到環小姐的店裡露面。裡面沒寫任何理由，卻清楚指定了時間。揚羽的簡訊和蓮華的簡訊正好相反，極度簡約，表情符號也只有一點點。我真是越來越不懂為什麼她們兩人的感情會這麼好了。

我依照揚羽的命令，在隔天中午前往環小姐的店。我一如往常地穿過門簾，正準備走上和室的時候，注意到擺在矮桌上的東西。

「那是……」

扁平的盤子上放著黃麵，應該是中華涼麵吧。從放在上面的配料來看，不像是沾麵。剛進入七月，梅雨季節隨即結束，氣溫一天比一天熱起來。尤其今天更是熱到讓人覺得根本是盛夏了，所以桌上出現這種東西一點也不奇怪。

只不過，這盤面上所放的配料，和普通的中華涼麵有著天壤之別。精心排列的雞蛋與小黃瓜，以及用番茄做出來的花朵，番茄花包圍的那個東西，看起來應該是用紅蘿蔔雕刻出來，一隻翅膀格外長的鳥。我好像在哪裡看過類似的東西。是電視節目吧？記得應該是中華料理特輯，料理的名字叫做——

「這該不會是那個叫做滿漢全席的東西吧？」

這已經不是裝飾用的等級，看起來就是刀工精細的雕刻作品，可是我不知道這種東西為什麼會出現在這裡。是要慶祝什麼嗎？啊，說不定又是阿樹從貴婦那邊收到的東西？

就在我緊盯著它看的時候，裡面的紙門打開了，從門縫中探出來的是我許久未見的一張臉。

「喬治先生。」

「喔喔，少年仔！」

做為河童的證據的圓形禿——不對，是盤子，今天也隱藏在抓得十分完美的頭髮造型下，連一點痕跡也看不到，真不愧是專業的美髮師。他咧嘴偷笑的表情和以前一模一樣，然而不知道是不是我多心，感覺他的臉頰似乎有點凹陷。是因為瘦了，還是累了？

「工作沒問題嗎？」

之前因為無故翹班而受到懲罰，應該有好一陣子都不能休假才對。他該不會是再也受不了然後逃出來吧？

「那段日子總算是結束啦。哎哎，真是受不了啊。哈哈哈。」

喬治先生瞇起了他細長的眼睛，發出一點也不像是受不了的大笑聲。這時，他的身後傳來了環小姐有點不耐煩似的聲音。

「喬治，你不要一直擋在這裡，快點進去。」

可能是被身後的環小姐推了幾下吧，他一邊說著抱歉抱歉，一邊在矮桌周圍的坐墊上坐下。從他身後現身的環小姐，身上穿著黑色的金魚花紋浴衣，讓我再一次地感覺到「已經是夏天了啊」。環小姐的視線停留在我身上，然後淺淺一笑。

「歡迎你來，洸之介。吃過午餐了嗎？」

「還沒有。」

「是嗎。那真是太好了，看來這些東西應該不會浪費掉了。」

環小姐邊說邊將東西放在矮桌上，同樣又是一盤裝飾著精細蔬果雕花的中華涼麵。

「喬治買了一大堆回來，實在有點傷腦筋啊。」

「夏天就是要吃中華涼麵不是嗎？」

「就算如此，這也未免買太多了。還吵著一定要讓你做，結果一做又花了很多時間。」

「這個，是喬治先生做的嗎？」

我指著蔬果雕花，而喬治先生立刻得意了起來。

「是啊是啊。這是我以前鍛鍊出來的技巧。我本來是在沒工作的時候打發一下時間，有樣學樣地玩玩而已，結果卻不小心著迷了。這個技巧在居酒屋或餐廳打工時相當受到重視，所以我也藉此賺了不少零用錢。」

「啊，是……」

以前，蓮華曾用「那傢伙的手根本就是異常地巧」來評論喬治先生，該不會就是指這個吧？的確相當異常啊。光看外表，幾乎可以媲美之前賞花時從櫻汰老家送過來的高級懷石便當。

「因為他從以前就對奇怪的事情特別有興趣嘛，明明可以活用這個特技直接找工作。」

「記得有人挖角過你吧？」環小姐這麼一問，喬治先生用力搖頭。

「不可能不可能！我的天職就是美髮師啊。」

喬治先生伸手指著自己從剛剛到現在絲毫沒有變形的頭髮。

這時，剛剛應該待在廚房的櫻汰走了進來。他手裡抱著裝有麥茶的水瓶，一看到我，便立刻朝後面扯著喉嚨大叫。

「啊，洸之介，你來了啊——揚羽，追加一個杯子喔！」

「我已經沒辦法拿了！阿樹，快點去拿！」

「了解。洸之介喝麥茶好嗎？不過剩下就只有熱茶可以喝了。」

隨後他們七手八腳地在桌上擺出杯子、筷子、盤子等餐具，轉眼間矮桌就變成了餐桌。若是平常，現在應該是由環小姐招呼大家開始吃才對，可是今天卻不太一樣。

「好了，現在終於全員到齊了。」

在環小姐開口之前，揚羽十分滿意似地先瞄了大家一眼。

「那麼，現在開始召開緊急會議！」

「不是開始吃飯？」

「那也是其中一件事，不過這才是重點！」

揚羽直接表現出心中的不快，狠狠瞪著發言反問的喬治先生。

「午餐只是順便。都是因為喬治這個呆子買太多，之後有好一陣子都得餐餐吃中華涼麵了啦。你聽好了喔！這種東西呢，一包裡面是裝了三人份。結果你居然有多少人就買多少包，實在是沒常識到家了。」

「沒問題的。我也有買蔬菜、雞蛋和火腿過來啊。很完美吧！」

「我說的不是這個問題好嗎？是要你好好考慮清楚再買！以前爆發飢荒的時候，明明也因為沒有食物而吃過不少苦頭，為什麼你還是不懂呢？」

「哎呀～飽食的年代實在太美好了。」

「你太迎合時代潮流了啦。」

貓又和河童的爭執在眼前逐漸擴大，頗有一發不可收拾的感覺，阿樹趕緊出面打圓場，說著

「別這樣別這樣」。

「那麼揚羽，妳要說什麼？今天就是為了那件事才叫大家集合吧？」

已經徹底怒火中燒的揚羽，有點不好意思地輕輕咳了幾聲。

然後她換上一副嚴肅的神情，開口說道。

「你們不覺得兵助最近有點怪怪的嗎？」

「有嗎？我倒是沒發現。」

櫻汰直接表示疑惑。阿樹看起來好像也不是很清楚，而喬治先生則是回答：「最近都沒見到面，所以不知道呢。」

「你們難道不覺得，他好像在背地裡偷偷進行著什麼嗎？」

儘管揚羽這麼說，我還是丈二金剛摸不著頭腦。因為他最近好像很忙，我們幾乎沒有見到面。此外，連交情比我還久的櫻汰和阿樹都不知道了，我當然不可能知道。

「會不會是妳想太多啊？」

「才不是想太多呢！阿樹，上次你也有看到新先生留下的惡作劇吧？」

「啊啊。」

前些日子，我們在博物館裡欣賞完理世小姐的掛軸，回到店裡後，新先生一如往常地在店裡留下惡作劇就溜走了。放置的地點是洗手間，可以推測他應該是在離開前去洗手間時留下來的。

這次的惡作劇，是打開洗手間的門之後，就出現一座捲筒衛生紙堆成的高塔擋住去路，除此之外沒有任何異狀。只是問題在於其中一捲衛生紙上，用麥可筆寫下了幾個粗黑的大字，而且還指名了「給兵助」，並寫著：「快點老實說吧！」

不知道運氣是好還是不好，發現這個惡作劇的人正好就是兵助先生本人，所以兵助先生一看到這個，才會忍不住大叫「少多管閒事！」，而且還漲紅了臉。到目前為止，那條訊息的含意還是只有兩名當事人才知道。兵助先生堅持保持沉默，而之後也沒有機會見到面，新先生則是因為工作到國外出差，連絡不上，自然也無法詢問。話說原來他有護照啊？一個滑頭鬼正大光明地搭飛機呢。看到護照的機場地勤人員肯定會嚇一跳吧。因為他明明那副打扮，卻叫做新左衛門啊。

「也不知道那是什麼意思，好像只有兵助一個人發現。」

「環小姐知道那個訊息的含意嗎？」

那一天，和兵助先生、新先生一起行動的人，就只有我和環小姐。因為是環小姐，所以我還以為她應該早就看穿了一切。但是她卻一邊啃著雕成烏龜形狀的小黃瓜，一邊歪著頭回答「我也不知道呢」。面對這個雕刻得無比精美的小黃瓜烏龜，卻能毫不猶豫地從頭一口咬斷。這一點實在很有環小姐的風格，太豪邁了。

「會不會是工作方面出現什麼煩惱，然後被新先生發現之類的？」

再過兩週，兵助先生他們的展覽就要在市立博物館舉行了。

因為博物館員望月小姐似乎非常期待，他也費盡心力，所以才感受到壓力了吧？現在回想起來，那時候的兵助先生相當不對勁，表情看起來始終不太開心，而且話也不多。可是感覺上還是不像是在煩惱的樣子啊。

「如果是工作方面的事，他應該會先找環小姐商量吧？畢竟是師傅與徒弟的關係。」

聽到櫻汰指出問題點，環小姐乾脆地回答。

「他什麼也沒有問我呀。」

也就是說，這件事大概和工作無關。

「那麼，會是其他事情嗎？啊，例如外表看起來太可怕，嚇到客人或是小孩之類的？」

「阿樹，那種事情三不五時就會發生吧。」

揚羽毫不留情地駁回意見。

「那麼到底會是什麼事呢？」

因為想不出可能的狀況，所以大家都一邊念念有詞一邊抱頭煩惱，而環小姐則是自顧自地嚼著小黃瓜烏龜。到最後，另一個跟她一樣認真吃著麵條的喬治先生輕描淡寫地說：

「會不會是交女朋友了？」

如果真的是這樣，那的確是一個巨大的變化。但是我不懂為什麼要隱瞞這件事，而且揚羽也乾脆地表示否定。

「我想應該不是那個原因。」
「為什麼？」
「喬治應該知道吧？兵助不是有心理創傷嗎。」
「啊……」
揚羽的話讓他想起了什麼似的，喬治先生馬上露出極度同情的表情，閉上了嘴。環小姐以外的人也都一副了然於心的樣子，不了解詳情的人似乎只有我一個。
「心理創傷是指？」
我耐不住好奇心，開口詢問。阿樹立刻像是沿著記憶之絲回溯一般瞇起眼睛，望向遠方。
「那是兵助還是學生的時候，大概是高中吧？」
「沒錯沒錯，那是他第一次交到女朋友嘛。」
一旁附和的揚羽，也像是聊起親戚家小孩小時候的事一樣，散發出某種遙想當年的感覺。不過她的外表完全不顯年紀，所以看起來非常不協調。
「結果呢，有一次他和女朋友在一起的時候，很不幸地在路上偶然遇到了環小姐。」
我看向悠然自得地喝著麥茶的環小姐。
不知道為什麼我只有一種不好的預感。
「從兵助的角度來看，環小姐是從小就在一起的師傅，就像家人一樣，對吧？因為他是這樣認知的，所以也沒多想就直接和環小姐打了招呼，還把環小姐介紹給女朋友認識。當時如果有扯謊說是姊姊或親戚也就算了，但那個笨蛋竟然老實地說出環小姐是他的師傅。」

揚羽一副看不下去似地反覆說著真是有夠笨的。

「雖然兵助知道環小姐是妖狐，但是從他女朋友的眼中看來，就只是個年紀相近的年輕美女，不是嗎？而且他也沒告訴人家裱褙師的工作和家裡的狀況，所以就算說是師傅，女朋友也搞不清楚是怎麼回事。看到男朋友跟年輕又漂亮的大姊姊狀似親密，女朋友當然會不高興啊。於是她開始亂想、生氣，最後就分手了。」

「啊……」

喬治先生發出了跟剛剛一模一樣的聲音。當事人之一的環小姐似乎完全不覺得自己應該負責──實際上她的確一點錯也沒有──只專心地用筷子夾起番茄雕成的玫瑰花。

「不過那應該是兵助說明的方式太爛的關係，是他自作自受。」

「在那之後他有稍微大鬧一陣子，然後就這樣進入了叛逆期。」

阿樹笑著說出這番話，可是那真的可以當成笑話看待嗎？兵助先生的叛逆期……感覺好像很恐怖，實在不敢想像。

「所以呢，每次只要兵助交到女朋友，我就是有辦法感覺得到。他會很開心，但是又會想起以前的創傷，然後漸漸消沉。可是這次的感覺不太一樣，對吧？像是在隱瞞著什麼。」

我覺得揚羽眼中似乎閃過一道詭異的光芒。

「連揚羽也看不出來嗎？」

「就是啊。所以我才會這麼在意，之前還跟櫻汰一起到兵助家裡打聽消息呢。」

「嗯。可是兵助和兵助的家人都跟平常沒什麼兩樣，完全沒打聽出任何東西啊。」

櫻汰乾脆地斷定他們之前行動只是徒勞無功。

「那麼，會不會是他私人的事情啊？」

「不知道呀。所以我希望大家可以幫忙打聽，這場會議的目的就是這個。」揚羽滿臉笑容地繼續說下去。「聽好了喔！兵助並不是個很聰明的人，只要稍微套一下口風，他應該馬上就會說溜嘴，然後再從那個地方切入！」

揚羽激動地發表意見，雙眼就像是發現了有趣的玩具一樣閃閃發光，看起來一點也不像是在擔心。應該說，她原本就不是因為擔心，而是因為覺得有趣才會這麼在意，也才會為了這個目的把大家叫來吧。揚羽以外的成員們似乎也對兵助先生隱瞞的事情產生興趣，開始七嘴八舌地報告他最近的樣子。看來他們根本就沒考慮過放任不管、順其自然這個選項。

我猜兵助先生應該也會有一、兩件想要保密的事，而所謂的個人隱私……八成不存在吧。在這群人面前，隱私根本沒有意義。大家是從兵助先生一出生就認識他了，連兵助先生自己都不記得的事，大家都會記得。面對這些近似於家人的人，兵助先生當然一點勝算也沒有。

「環小姐，這樣好嗎？」

就某方面來說，這可是心愛的弟子碰上危機啊。在這種狀況下，師傅不是應該要出面阻止嗎？我試著問了一下，但是環小姐卻愣了一下，然後眨了眨眼睛。

「沒什麼不好的吧？」

「喔……」

「別去管他們，反正橋到船頭自然直嘛。」

就是看起來好像直不了，所以才擔心啊。我在心中默默說完之後，伸手拿起從剛剛一直放到現在的中華涼麵。我和紅蘿蔔雕成的龍對看良久，有點煩惱到底該從哪裡吃起比較好。

「他對洸之介特別沒有戒心，最有可能不小心對你說溜嘴，所以你要加油！」

雖然揚羽幫忙打了氣，不過我在兵助先生的工作告一段落之前八成都沒有機會見到他，所以不去理會應該也沒關係吧。我在當下是一派悠哉地這麼想著。

就在這道命令下達一週後的星期日，我為了向師傅求教，便像往常一樣前往加納裱褙店。主要目的是為了修復小野寺先生寄放的達摩畫掛軸，順便請教扇面畫的裱褙方法。

「把扇子加工為掛軸的時候，必須先把扇面的和紙從扇骨上取下，再把背紙剝除。」

環小姐一身灰色和服，繫著繪有波浪花紋的藍色腰帶，手指著已經修復完成的達摩畫畫心。

「如果不這麼做，紙張會太厚，導致無法捲起來。」

「這麼做沒問題嗎？難道不會破掉嗎？」

「沒問題的。扇子的和紙原本就有兩、三層，是把夾在正中央的和紙剝開，再把扇骨穿過去的。所以只要小心一點就不會破，再說和紙原本就很強韌呀。」

環小姐從屋子裡拿出一把扇子讓我看，紙張的確非常厚，感覺也很強韌。相比之下，之前幫新先生的浮世繪剝除托裱紙的工作搞不好還更困難，因為紙張又薄又脆弱。

「完成之後再貼上一層紙補強。可是這麼一來尺寸有點太小，形狀也太過特殊，沒辦法當成掛軸的畫心使用。所以現在要在把它貼在和紙上，加工成這樣的畫心。」

除了扇子之外，單張的書簡好像也是用這個方式裱褙。另外，這個方法不只可以加工成掛軸，好像也可以把變薄的扇面畫貼在屏風上當成裝飾。

「原來還有這種技巧啊。的確，以這把扇子的厚度來看，可能真的沒辦法捲起來呢。」

「此外像是書寫短歌的紙片和紙版，都可以用同樣的方法加工成掛軸。然後——」

就在環小姐準備繼續說下去的時候，從遠方，應該是從店門口，傳來了呼喚環小姐的聲音。環小姐似乎也不知道這個聲音的主人會過來，驚訝地張大眼睛說道「哎呀，真是難得」。

「環，妳在嗎？」

腳步聲越來越近，打開工作室紙門直接走了進來的人，正是前幾天的話題中心人物兵助先生。兵助先生彷彿沒想到我會在場，看似有點驚訝。

「洸之介也在啊。」

「怎麼了？這麼突然。工作已經結束了嗎？」

「不，還沒。雖然展覽已經開始了，但是這一陣子應該都沒辦法空下來吧。我今天也不是來這裡偷閒的，我有話想跟妳說。」

「是嗎。那我們還是到和室那邊去吧，洸之介也來喝杯茶。」

環小姐俐落地收起達摩畫的掛軸和裱褙工具，回到和室。

感覺之前好像也發生過類似的事。兵助先生有話想告訴環小姐，而我也湊巧在場。那是什麼時候發生的事呢？感覺好像不是太久以前，但我想不起來了。

「兵助先生，我在場沒關係嗎？」

我詢問之後，兵助先生回答「無所謂」，於是我毫不猶豫地選擇同席聆聽，原因當然不是因為揚羽之前的命令，而是我有點在意兵助先生想說的「話」是什麼。

「我今天是為了委託工作而來的。」

在伸手接過環小姐端出來的麥茶之前，兵助先生露出了前所未見的嚴肅表情如此說道。由兵助先生帶來委託環小姐的工作，可能和「思念」有關也說不定。

「委託人和委託的物品是？」

「委託人是結之丘市立博物館的館員。之前有見過面吧？就是望月小姐。」

啊啊，是那個人啊，那個綁著馬尾的年輕女人。我回想起之前見過面的那位博物館員的身影。這麼說來，委託品應該是博物館內的收藏吧。

「委託物品是掛軸嗎？還是屏風之類的東西？」

「關於那個啊……」兵助先生有點欲言又止似地說了下去。「我其實不是很清楚。」

「請問這是什麼意思？」

因為事關工作委託，所以我原本打算安靜聆聽就好，可是卻忍不住開口詢問。兵助先生也沒有表現出受到冒犯的模樣，開始說明起來。

「那座博物館，最近好像發生了一些怪事。我是不太清楚，不過因為保管在庫房裡的東西都會加以分類、編號，管理得非常仔細，所以只要一看清單，就能立刻知道某某物品擺在某某位置。然而最近明明沒有人進去，卻有物品擅自被移動了。就算擺回原位，隔天又會有其他東西被移動到其他位置。據說這個狀況已經持續了好一陣子，幾乎天天發生。」

那樣的確很奇怪。可是光憑這點資訊，應該沒辦法一口咬定是「思念」的關係吧。

「這和思念不太一樣，會不會是某種靈異現象呢？就是那個什麼騷靈現象（註16）。」

「不能說完全沒有那個可能啦。」

兵助先生露出了明顯厭惡的表情。他的外表一點也看不出來，而且平常明明還跟妖怪打交道，但他說不定拿這種恐怖故事沒轍。

「不過也有可能是某種思念。因為結之丘市裡出了許多傑出的藝術家，而博物館也收藏了很多他們的作品。像是畢業自結之丘小學美術社的藝術家，還有小幡洸泉。」

說到這裡，兵助先生朝我笑了笑。是嗎，原來博物館裡也有老爸的畫嗎？感覺有點新鮮。

「那裡原本是某位創業家兼資產家，名字叫做……呃，我一時想不起來，總之就是這麼一位大叔，他非常熱衷於培養藝術家和蒐集美術品，那座博物館就是由他帶頭建立而成。他也把自己的收藏品直接捐贈出來，所以那邊的庫房裡收藏了大量有名、無名藝術家的美術作品。」

「喔，原來是這樣啊。」

直到今天，我都不知道還有這麼一位大叔存在，看來我對本地的事物意外地生疏啊。若是環小姐應該就會知道吧，畢竟她從戰前就一直住在這裡，搞不好還曾經見過面呢。我邊想邊朝著環小姐看去，發現她的臉頰有些泛紅，眼睛更是閃閃發亮，看來應該是被剛剛說的庫房裡的作品吸引住了。這也是情有可原，因為一般來說，博物館的庫房是很少有機會進去的。

「那麼，我該做什麼才好呢？」

「她好像希望妳能過去博物館一趟，總之先看看庫房內部。」

❖註16：又名喧鬧鬼現象，指發生物品莫名地移動，或是碟子摔在地上等，製造出混亂和聲響的靈異現象。

「檢查所有的收藏品嗎？」

不知道哪個作品造成怪事發生，就必須逐一地確認吧。可是，這樣也未免太困難了。

「不，那樣行不通，因為東西實在太多了。總之先進去庫房裡面，說不定就能知道些什麼。說是希望，其實有一半像是在下賭注吧，因為她真的已經是束手無策的狀態了。」

兵助先生應該是在想盡各種辦法之後才來委託吧。只見他垂下了肩膀，低聲說道：

「我其實也不想過來麻煩妳。」

他的表情看起來像是精疲力盡，又帶著一絲後悔。

這時，我突然靈光一閃。揚羽堅持兵助先生看起來不太對勁的原因，會不會就是這個呢？能幫博物館做的事情已經全都做了，但是依然無法解決，最後只能拜託師傅。不過他其實比較想靠自己的力量解決，所以很難開口，不知道該說出來還是該想其他的辦法。

不對，他也有可能是在這次事件發生之前就已經在煩惱了也說不定。兵助先生很早以前就把所有跟「思念」有關的工作交給環小姐，自己只負責仲介。哎，畢竟師傅可是被稱為傳說中的裱褙師，手藝高明，交給她處理不僅更加確實，也比自己動手來得安心。

可是啊，他會不會是對於某些自己辦不到的事情感到懊惱呢？明明有個厲害的師傅，卻沒辦法學到她所有的技術。他會不會是深感自己的能力不足，因此感到懊惱呢？先前他想對環小姐說的事，搞不好就是這件事情，那時他看起來真的是一副愁眉苦臉的樣子。

然後，這次的事件讓他的煩惱完全浮上檯面。雖然這些都只是我的推測，不過應該算是相當接近核心了吧？

「這份委託，我就接了吧。」

環小姐如此告知後，兵助先生像是放下心中大石一般呼出一口氣。剛剛可能相當緊張吧。

「兵助先生，我可以一起過去看看嗎？」

我立刻向兵助先生詢問。和我站在同樣立場的師兄，我想在最近的地方看他如何面對矗立在眼前的高牆。而且這也算是揚羽的命令，要是不確認一下，之後不知道會被她說成什麼樣子。兵助先生似乎完全沒發現我的用意，回答了一聲「啊啊，可以啊」毫不猶豫地答應。

「那麼，什麼時候去博物館比較好呢？」

環小姐如此詢問，結果兵助先生一邊緩緩起身，一邊說道。

「現在就出發。」

「咦？」

「不是有句話說好事不宜遲嗎？」

是沒錯，不過這也未免太快了吧？我和環小姐就像是被兵助先生趕著跑一般走出店外。

結之丘市立博物館位在市中心一座小小的公園當中。那座公園，就像是在層層深灰色柏油路和水泥建築物之間突然隆起的一塊充滿綠意的小山。可能因為今天是假日的關係，經過仔細打理的公園裡，來了許多攜家帶眷的家庭和附近的老人家。或是散步、或是在樹蔭下休息，各自享受著悠閒時光。

兵助先生在停車場裡停好車後，像上次一樣從正門口走進博物館。之前因為是平日，而且又逼近閉館時間，所以裡面空蕩蕩的，今天的人潮倒是頗多的。

這次的委託人望月小姐就站在櫃檯附近。似乎是收到兵助先生的連絡，在這裡等著我們。

「勞煩各位特地過來一趟，真的非常感謝。」

望月小姐宛如想讓紮起來的頭髮末端碰到地面般，對我們深深一鞠躬。隨後抬起的臉上帶著明顯的疲憊之色，看得出來她是真的非常困擾。我可以了解兵助先生為什麼會這麼急迫了。

我們被帶到一間像是接待室的地方。在望月小姐的催促下，我們在皮製沙發上坐了下來。

「不好意思，讓各位這麼趕……請容我再自我介紹一次，我是這裡的館員望月麻理。」

之前雖然有見過一次面，不過當時只有簡單打過招呼而已，所以我和環小姐也仿效望月小姐的做法，再次自我介紹。

「關於委託內容，請問佐伯先生已經告知過您了嗎？」

「是的，大致上都說了。那麼，請問這些不尋常的現象大概是從什麼時候開始的呢？」

環小姐發問後，望月小姐便開始冷靜地負責解說。

「我第一次發現這個狀況，是在上星期六進入庫房的時候，為了在館藏作品當中尋找能在這次展覽上展示的作品。因為展示品當中有佐伯先生做的葉書掛，所以我認為機會難得，打算多換幾次當中的圖畫。」

葉書掛是一種裱褙形式，說是「葉書（❖註17）」專用的「掛」軸，應該是最貼切的解釋吧。不過它不像普通掛軸是把畫心貼在綾布上，而是在綾布上固定四條細繩，然後把明信片的四個角插進去，裝飾起來。所以可以自由更換代替畫心的明信片，而不必修改裝裱。

「館藏作品當中，有很多過去沒有機會能展示的作品。而原創裱褙不只能夠配合日本畫，也能和各種不同類型的繪畫相配合。因為機會難得，所以我希望能讓大家看到這類作品。」

因為出現這個想法，望月小姐在庫房內挑選出幾幅能夠用來展示的作品後，便先集中放在比較容易找到的地方。等到隔天星期六，她準備把這些作品拿給前來開會的兵助先生看，於是前往庫房，可是前一天放置作品的地方卻沒有任何東西。

會不會是有人把東西放回去了？她試著詢問其他職員，但是沒有人曾動過。真奇怪，自己明明已經準備好了才對，難道是搞錯了嗎？如此心想的望月小姐再次比對清單，就像前一天所做的一樣，重新尋找目標作品，可是東西也沒有出現在它應該存放的位置上。

❖註17：即日文明信片之意。

「我覺得有點奇怪，就拜託有空的職員幫忙盤點館藏品。結果出現了一大堆放在完全錯誤的位置上的作品……那一天，我以為只是單純地搞錯收藏位置而已。因為忙碌時很容易出錯，或者是想等到有時間再放回去，就先放在一旁；或是收到了捐贈品也未即時整理，就這樣放置多年之類的。再說，那些作品也全都還在庫房內，並沒有遺失，所以我當時真的是不以為意。」

然而隔一天又發生了另一件事，足以證明那並不是望月小姐的誤會。另一位博物館員進入庫房，打算尋找所需的物品時，再次發現東西並沒有擺在清單上記載的位置，而是出現在完全不一樣的地方。因為前一天才剛動員所有職員確認所有收藏品都放回應有的位置上，所以這是根本不可能發生的事。

「因為這樣，我才總算發現那並不是我的誤會，而是庫房裡發生了某種怪事。後來庫房裡的物品位置每天都會變來變去……這樣當然讓人感到不舒服，而且再這樣下去也很讓人困擾……」

「所以妳就找兵助商量了？」

環小姐說完後，兵助先生多半是因為突然聽到自己的名字，看似微微嚇了一跳。

「是的。稍微討論之後，他也親自到庫房內看了一下狀況，然後說他認識的人可能有辦法解決。只是我沒想到那個人會是之前和武井先生一起大駕光臨的加納小姐。」

雖然望月小姐用了「認識的人」這個詞，不過兵助先生是怎麼說明他和環小姐的關係呢？若是光看外表，兵助先生明顯比較年長，應該沒辦法說是師徒吧。

「我不知道自己有沒有辦法解決這件事，總之先讓我看看庫房可以嗎？」

「好的。我現在去拿鑰匙，請稍等一下。啊，我還必須向館長報告這件事……」

「那麼，我可以趁這段時間參觀一下館內嗎？」

環小姐一站起來，望月小姐便喜出望外地露出笑容。那個笑容看起來開朗又有些稚氣。

「好的，當然可以。」

望月小姐將我們帶到展覽室的入口處，隨後便回到辦公室拿鑰匙。

因為是市立博物館，所以展示空間也不是非常寬廣。不過館內還是分成了常設展區和特別展區，特別展區正為了準備展覽而關閉。兵助先生他們的展覽，就在春季特展結束、暑期展覽開始的中間這段期間，而且展出期間只有短短一個多星期，在特別展區的一個角落舉行。雖然大可用上全部的房間，大規模地舉辦活動，不過兵助先生卻謙虛地說這樣剛剛好，對方願意提供地點就很值得感恩了。

「我們又不是藝術家。這只是想讓大家感覺到裱褙是更加貼近生活的東西，知道裱褙也有各種不同的形式而已。」

這次展覽的策畫人據說是望月小姐。兵助先生的佐伯裱褙店，經常接受鄰近博物館修復掛軸或屏風的委託，也和這座博物館往來了很久。他和身為博物館員的望月小姐好像就是在這段期間認識的。當兵助先生半抱怨似地說出裱褙師和裱褙正在日漸減少的現況時，望月小姐雖然表面上看不出來，不過擁有驚人行動力的她立刻完成了展覽的企畫案。感覺望月小姐比兵助先生還熱心，對兵助先生來說，她似乎和環小姐一樣，會讓兵助先生在她面前感到抬不起頭來。

我們一邊小聲地聽著事情的來龍去脈，一邊參觀展覽室。這時讓走在最前面的環小姐突然停下腳步的，是一個放著大型玻璃櫃的展示空間，玻璃櫃裡展示著大量的掛軸。

我學著環小姐的動作，抬頭望著展示出來的作品。或是細膩、或是粗曠，個性豐富的各式作品一字排開。我一邊心想這樣可以學到很多東西一邊觀看，可是卻感受到了一絲不協調。

「總覺得跟平常在店裡看到的不太一樣呢。」

可能是因為燈光的關係，金絲或銀絲反射著光線，讓綾布的顏色看起來更加鮮豔明亮。

「為這些裝裱加工的裱褙師們，大概沒想到作品會這樣放在博物館裡展示吧。」

掛軸是掛在微暗的壁龕裡鑑賞。由於所有加工都是以此為前提，才會覺得這裡亮了點吧。

「哎，不管怎麼說，能被掛在這裡的作品真是幸福啊。」

環小姐仔細凝視著玻璃櫃，如此輕聲說道。因為展示空間有限，所以能被掛出來的作品應該只有一小部分吧。即使是這座博物館內的收藏，也沒辦法全部展示出來。望月小姐也是這麼說。相信應該只會展示知名畫家的作品，或是古老貴重的物品之類的吧，至於其他作品就只能一直在庫房裡沉睡。這麼一想，就能非常了解望月小姐為什麼會覺得機會難得，並決定把平常沒有機會出現的作品拿出來展示。

「不好意思，讓各位久等了。」

這時，望月小姐拿著鑰匙過來迎接我們，於是我們便匆匆忙忙地開始移動。

我們在館內人員才能進入的走廊上走了一陣子，最後看見一扇巨大的門。打開這扇直達挑高天花板的大門門鎖，將沉重的大門緩緩打開，然後再將鞋子換成拖鞋入內。裡面除了因為蒐集了大量的古物，同時也可能是因為平常總是緊閉著大門，室內有股相當獨特的臭味。此外這裡也不負庫房之名，當中放滿了固定式的架子，看起來就像倉庫一樣。那些架子上，擺放著大大小小的箱子。不過除此之外，還有一些看似古老的家具，以及好像會在環小姐家裡出現的食器，另外還有應該是在展示時使用的假人等，收藏品的類型遠比我想像中更豐富。

根據類別不同，擺放區域被畫分成幾個區塊，其中美術品似乎是被放在最裡面的樣子。即使只有那一塊區域，大小也算是相當寬廣，看來要檢查所有物品的確需要很長一段時間。

環小姐相當開心地左顧右盼，然後詢問望月小姐。

「在這裡的東西都是別人捐贈的嗎？」

「其中也有市府購買的作品，當然也有市民們捐贈的東西。當中最多的，就數『菊池圭次郎收藏品』了。」

菊池圭次郎是誰啊？這個突然出現的陌生名字，讓我困惑了起來。

「菊池圭次郎是在戰前和戰後都相當活躍的實業家。」
「啊啊，該不會是住在結野川附近那棟大房子的人？」
看來環小姐似乎知道這號人物。
「您知道他嗎？」
「嗯，以前曾經遠遠看過一次。」
「咦？」
看到望月小姐目瞪口呆的模樣，兵助先生連忙出面解釋道「她應該是看過那棟房子」。啊啊，真危險。憑那張年輕的面貌，說她曾經見過本人只會被人當成玩笑話，況且我們也不可能對望月小姐坦承環小姐的真面目啊。
「你們說的那個人，就是兵助先生忘記名字的那個實業家大叔嗎？」
「喂，別現在把那件事講出來啦。」
兵助先生有點害羞似地紅了臉，而望月小姐輕聲笑了起來。
「是的。他為了培養藝術家而不遺餘力，同時也非常小心保管他們的作品。另外他也相當熱衷於蒐集美術作品，所以我們將這些物品統一稱為『菊池圭次郎收藏品』。其實不只是美術作品，他似乎是個喜歡保管東西的人。除了工作上使用的帳簿、信件之外，連糖果包裝紙，還有不小心寫壞的紙張等各種東西，全都被他完整地保存下來。」

那應該不是擅長保管物品，而是無法丟掉東西吧？意思就是說，不論那位菊池先生的住宅有多大，相信應該都塞滿了東西。不知道住起來很舒服的住家選定委員會的委員長新先生，還有愛乾淨的座敷童子雙葉的評價又是如何？啊，記得雙葉有說過東西多沒關係，只要有整理過就好了。那麼就不能排除菊池家裡有座敷童子居住的可能性。

「這裡有他的日記。」望月小姐從附近一個箱子裡拿出一本沉重不堪的日記本。「他似乎是個非常注重細節的人，所以日記裡寫了各式各樣的東西。例如家人、傭人，還有天氣和工作等事情，只不過我看不懂就是了。」

望月小姐拿給我們看的那本日記上，寫滿了醜到不能再醜的字跡。這樣的確是看不懂啊，我馬上舉白旗投降。連環小姐也含蓄地說出「這還真是充滿個性的字呢」。

「裡面還夾著各式各樣的東西，例如收據。啊，還有這種東西。」

望月小姐從日記本當中拿出一張古老的明信片。那不是普通的明信片，其中一面完全空白，另一面也只寫著地址等訊息。是不小心寫錯的明信片嗎？不過上面的確蓋了郵戳，也顯得有點薄。環小姐先是一直盯著那張明信片看，然後輕聲吐出一句「真是難看的字啊」。接著，她從望月小姐那裡接過日記本，開始翻了起來。我探頭看了幾眼，結果發現我看得懂的地方大概只有日期的數字而已。七月……那是幾號來著？不行了，我只看得懂月份。

一直看著日記的環小姐將日記本啪的一聲闔上，還給望月小姐。

「我想現在應該不是做這件事的時候，今天妳已經確認過庫房內的狀況了嗎？」

「不，還沒有。因為上午有點忙……」

望月小姐有點愧疚似地這麼回答，於是環小姐立刻提議：「那麼，乾脆現在開始進行吧？」

「那些遭到移動的美術品當中，極有可能包含了造成怪事發生的作品。而且也能順便將這裡的館藏稍微檢查一遍。」

雖然有點費時，不過我們和望月小姐一起逐一檢查。雖然分頭進行肯定更節省時間，但我們並不是這座博物館的職員，所以有點顧慮不敢亂碰。要是不小心弄傷了或弄壞了，那可就麻煩了。先不論環小姐和兵助先生，對於尚不習慣接觸這類美術作品的我來說，難度實在太高了。

「一百五十六號，掛軸，高砂……有在。一百五十七號……」

盤點清單上物品的作業非常單調沉悶，是件非常辛苦的工作。出面協助望月小姐的兵助先生也就算了，由於我和環小姐只能從旁觀察，感覺有點無聊起來。另外庫房裡面非常安靜，幾乎聽不到外面任何聲音，所以讓人莫名地想睡。

「一百六十號……」

「哎呀？不見了。」

「會不會是放到裡面去了？」

「我昨天在這裡有看到所以記得很清楚，的確就在這裡。」望月小姐非常沮喪。「果然今天也發生了嗎……」

兵助先生用鉛筆在清單上做了記號。菊池圭次郎資料，一百六十號，花鳥圖。

隨後又接二連三地在該出現的地方，找不到東西；不該出現的地方，找到了應該位於某處的物品。不只種類包羅萬象，連作者和年代都各自不同，完全沒有規則可言。

對此，好像連師傅都有點傷腦筋。

「這還真是麻煩呢。」

她雙手環胸，嘴唇緊閉。

此外，美術品區域明明還檢查不到三分之一，清單上就已經都是鉛筆記號了。根據兵助先生和望月小姐的話，我以為遭到移動的作品只占其中一小部分才對，想不到是出乎意料地多。

「平常總是有這麼多東西被移動位置嗎？」

我忍不住在意起來，詢問望月小姐。

「不，這還是頭一回出現這麼大的數量。到底是怎麼回事呢……」

她像是非常困擾似地搖了搖頭，看來今天是特別狀況。

一直看著清單的環小姐，向兵助先生確認了時間，這才發現指針已經比預計中前進了不少，看來今天只能先放棄了。

「先確認一下那些遭到移動的作品吧。」

「也對。啊，把它們放在同一個地方，應該會比較容易檢查吧？」

「是的。」

我想讓自己稍微幫上一點忙，於是也跟著一手拿著清單，穿梭在架子之間。

（記得最裡面的架子上，放著被人移動過的掛軸吧。）

反正都是放在箱子裡，如果只是把箱子直接搬過來，那麼我應該也可以辦到。我邊想邊邁開步伐，尋找彷彿玩著捉迷藏一般深深躲藏在架子上的箱子。這時，某個在這個空間當中相當突兀的黑色物體，從我的眼角餘光一閃而過。我朝著一字排開的架子下方，往架子和牆壁之間的縫隙當中看去。一個四方形的物體，像是刻意藏在紙箱陰影處一般放在裡面。

「望月小姐，請問這個東西檢查過了嗎？」

我開口呼喚，結果望月小姐像是嚇了一跳似地喊出聲來。

「不。這是什麼呀？怎麼會藏在那種地方。」

連望月小姐都不清楚的東西，包裹在看似黑色的方巾裡，無法得知內容物為何。從這個扁平的四方形外型來看，應該不會是掛軸。會是畫框嗎？橫幅大概五十公分左右，而且沒什麼厚度。

「上面什麼也沒寫，而且也沒有標籤……可能是尚未整理的物品吧。說不定是捐贈品，但是因為沒有時間而延後整理，最後就這麼忘記了吧。可是到底是誰拿到這裡來呢？」

我和望月小姐合力把包在方巾裡的那個東西從牆壁隙縫當中抽了出來。表面上看起來相當沉重，不過實際上卻很輕巧，讓人意外。

我們把這個東西拿到環小姐他們那邊去。

「可以打開來看看嗎？」

環小姐詢問，而望月小姐點頭回答「當然可以」。環小姐解開了方巾的結，小心翼翼地展開。隨後從裡面出現的東西，是一幅裝在畫框裡的畫。

與畫框的大小相比，那幅畫著在川面上飄蕩的小舟的畫，尺寸十分地小。那應該是把畫貼在和紙上，加工成可以裱框的畫心吧。圖畫周圍是亮藍色的綾布和黑色的邊框，綾布當中還混織著金絲，看起來相當華麗。而外框看起來也不是塑膠製的東西，肯定是漆器吧。用來裱褙的材料無一不是高級品，可是圖畫本身只是用深淺不一的墨色繪製而成，風格相當簡樸，但周圍華麗的裱框卻將畫中氣氛破壞殆盡，簡單來說就是一點都不配。

「這還真是品味差勁的組合呢。」

師傅皺起臉來，而師兄也強烈同意師傅的話，表示我對這幅裱框的評價應該沒錯。

「原來綾布也可以用在裱框上啊。」

「是啊，這是從以前流傳至今的和式裱框。將和紙或布料貼在木框上加工，和屏風或紙門的構造相同。雖然明治維新之前就已經有裱框存在，但是這個國家最常見、數量也最多的裱褙方式仍然是掛軸。等到維新之後，外國文化開始流傳過來，裱框才一口氣大量增加。然而我國的建築物和石造的西洋建築物不同，強度無法支撐木製畫框的重量。為了讓單薄的牆壁也足以支撐，所以才發展出空心的輕巧畫框。」

「的確，跟外觀相比，這幅畫真的輕得嚇人。」

「如今和式裱框這個詞，都是指裱褙了日本畫的畫框。不過因為現在建築物的牆壁都蓋得相當紮實，所以和式裱框也不見得全部都很輕巧。」

兵助先生小聲地補充說明。

由於圖畫上沒有作者簽名，無法得知這是誰的作品、持有者又是誰。望月小姐把這幅畫又是旋轉又是翻來翻去，從各個角度來檢查，但是仍然找不到任何線索，感到頭痛不已。圖畫邊緣有出現唯一一個看起來像是文字的東西。根據環小姐的說法，那似乎是日期。現在只知道那大概是這幅畫完成的日子，七月七日，就只知道這些而已。

「我猜想——」

環小姐突然對著束手無策的望月小姐開口。

「這應該也是菊池圭次郎的收藏品吧。」

「妳為什麼會知道？」

望月小姐會突然抬頭迸出這句話也是不無道理。明明只有這麼一點資訊，環小姐到底是怎麼知道的呢？

「望月小姐，剛剛讓我們看過的那本菊池氏的日記，可以再拿出來一下嗎？」

環小姐的要求似乎有點出乎意料之外，望月小姐瞬間愣了一下，隨後連忙跑了起來。

「我馬上去拿過來！」

接過望月小姐再次取來的古老日記本，環小姐毫不遲疑地開始翻閱。翻了幾頁之後，她在某個地方停下手來。

「就是這個。」

環小姐邊說邊拿給我們看的，是那張單面空白的明信片。環小姐把那張明信片放上畫框，圖畫本身的大小正好和明信片一模一樣。確認之後，環小姐露出滿足的笑容說出「果然沒錯」。

「這張明信片之所以單面空白，並不是因為什麼都沒寫，而是為了要幫畫在明信片正面的圖畫裱框，所以才將明信片剝成了兩半。」

環小姐的說明，讓我想起了今天剛學到的裱褙技巧。

「啊，和處理扇面畫是同一種裱褙方法對吧？」

我這麼一問，環小姐立刻有點開心似地點頭。

「可是，為什麼您會知道這幅畫就是日記本裡的明信片呢？」

「因為郵戳和畫上的日期相同啊。」

聽到望月小姐的問題，環小姐指了指明信片上的郵戳，的確也是七月七日。可是光憑這一

點，應該沒有辦法如此斷定吧？而且也有可能只是湊巧。我原本打算如此提出反對意見，不過師傅在這一方面畢竟比我強上太多了。

「另外，寫在明信片上的內容也是一個重要的線索。」

「環小姐，妳看得懂嗎？」

她明明只看了一眼，然後說了聲好醜的字而已，光是那樣，就已經把內容記下來了嗎？

「看得懂呀，只是有難度而已。」

隨後，環小姐把明信片的另一面——有郵戳的那一面轉向大家。

「明信片的收件人是菊池圭次郎，寄件人則是白井理吉。」

先不論收件人，寄件人倒是一個相當陌生的名字。望月小姐似乎也有同樣的感覺，只不過她不斷叨念著「白井理吉」四字，似乎正在確認這個名字是否存在於記憶深處。名字的下方還寫了一段看似訊息的文字。我們當然看不懂，於是便請唯一看得懂的環小姐念給大家聽。

「敬啟，老師是否別來無恙？您的家人都相當健康，敬請安心。美代子大小姐最近相當喜歡在河邊玩耍，所以我也每天伴隨左右。因為收到了新的毛筆，於是便畫了結野川的景致。繪畫真的很困難，不過也很有趣，這都是託了老師的福。」

他稱呼菊池氏為老師，表示寄件人白井先生和菊池氏應該是師徒關係吧。類似學徒，感覺那個時代確實有可能出現。或者是菊池氏的祕書之類的，實業家菊池氏應該會有祕書之類的人跟著吧。再不然就是菊池氏援助的畫家，因為他畫了圖畫。嗯，我想那樣的確也有可能。

「如果是這樣，就不會寫出這種像小孩子一樣拙劣的字了。」

環小姐毫不留情地否決了。

「也有可能是把對方當成老師一般仰慕吧。」

「那麼，這個叫做白井的人到底是誰呢？」

「這個啊，只要看過這本日記，應該就能知道了吧。」

環小姐開始閱讀這張明信片所在位置的前後幾篇日記。

「七月十日，雨。從理雪那裡收到明信片，打算明天拿給山下氏看看。

七月十一日，雨。山下氏外出，擇日再訪。

七月十二日，雨。工作處理完畢後，再次前往山下氏家，請求對方收理雪為弟子。如此一來便尋得可師事之人，安心矣。今天仍然終日大雨，令人略感心慌，希望不要發生任何狀況。

七月十三日，雨。據說結野川氾濫成災，收到理雪死亡的消息。

七月十四日，陰。上午搭車回家，家中一切安好。河邊有許多住宅被洪水沖走，死者亦不在少數。見到理雪的遺容，表情比想像中安穩。心情未能完全恢復。

七月十五日，陰。據說理雪是為了救起不小心落河的美代子，才跳進河裡。他將美代子推上岸後就此力竭，遭河水沖走，遺體被發現在下游。若是沒有他的幫助，相信美代子已不在人世。對於他的行動，我再怎麼感謝都不夠，但仍忍不住想著當時是否有其他方法。逝者已矣，無可改變。可是，我還是一直想著這件事。

首次看到理雪的作品時所感受到的衝擊，我至今依然無法忘卻。我從未想過會為了家中僕役隨手畫出來的圖畫而驚嘆不已。他只是看著掛在家中的繪畫，偷看出入家中的藝術家作畫時的模樣，加以模仿。若是讓他在畫家門下好好拜師學藝，將來會變成什麼樣子呢？我充滿期待，同時夢想著將來有一天，這份從這個城鎮誕生的年輕才能，會在日本畫壇上大放異彩。我想應該再也找不到比他更有天賦的人了。如今我不斷虛度著後悔的時光，無法前進也無法回頭，甚苦。」

翻頁的聲音反覆輕響著。即使環小姐已住口不念，我們仍然說不出話。彷彿被菊池氏悲痛地編織的悔意壓垮一般，喘不過氣。這間聽不見外面聲響的庫房，靜得讓人有點發毛。

打破這份沉重寂靜的人，是望月小姐。

「……那位叫做理雪的人，應該就是白井理吉吧。」

「應該沒錯。理雪應該是他的雅號吧，看來菊池氏是這樣稱呼他的……在這之後也有出現他的名字。八月一日，晴。為了幫理雪的明信片裱框，找了裱褙師過來，綾布和外框由我自選。」

這個外框與綾布的搭配，似乎不是出自裱褙師之手，而是菊池氏本人自己選的。所以才會出現那樣不尋常的設計吧。

「之後還有，十月三日，晴。裱框完成了。希望能讓更多人看到這幅畫，我欲舉辦展覽……從後來的日記內容來看，他好像真的舉辦了展覽。不只是理雪——不只是白井氏的作品，而是展示了許多畫家的畫作。」

說的也是，菊池圭次郎就是那個不遺餘力協助建造這座博物館的人啊。這份心念的源頭，可能就是來自於這位白井先生也說不定。

如果這是菊池圭次郎投注了如此大量思念的圖畫——

「——怪事的起因，是這幅畫嗎？」

我雖然說了出口，但實際上也只是半信半疑。到目前為止，這幅扁舟畫並沒有出現動作，也感受不到任何奇怪的氣息。不管再怎麼凝神細看，仍然沒有任何變化，令人有點焦慮。是我太快下定論了嗎？

然而環小姐並沒有否定我的話，而是用手指輕輕敲了敲畫框上的玻璃。

「想假裝沒事是沒用的喔。」

環小姐的這句話就像是某種暗號，她手下的畫框突然開始喀嗒喀嗒地搖晃起來。畫中的河川，彷彿正歷經狂風暴雨一般翻騰起伏，河川上的小舟也在浪濤的拍打之下不斷滑行，簡直就像是被波浪恣意翻弄的樹葉一般。如果只是這樣，那就和平常並無二致。然而可能是因為菊池氏的思念相當久遠的關係，震動開始變得強烈起來。不只是扁舟畫的和式裱框，這次連庫房內的東西都開始動起來了。我剛開始還以為是地震，但是腳邊明明沒有晃動，物品卻明顯地搖動著。這該不會真的是所謂的騷靈現象吧？我第一次看到，原來思念也能引起這樣的現象啊。話說我最近似乎已經徹底習慣了思念引發的現象，我倒是相當冷靜地觀望著，不過第一次碰到這個狀況的望月小姐就沒有這份餘裕。她就像隻小動物似地縮起身子，呆愣地喃喃自語。

「……雖然我有聽過，不過沒想到畫竟然真的會動……」

「記得妳剛剛說，妳尋找用於展覽上的繪畫時，怪事才開始發生對吧？尋找可放進兵助製作的葉書掛裡的畫時，才注意到怪事。」

「是的……」

看到環小姐絲毫不為所動，依然故我地提出問題，望月小姐有點疑惑地點了點頭。

「因為機會難得，所以我想要展示一些平常無法展示的畫。」

「就是這一點。」

環小姐甜甜一笑，如此斷定。相對地，望月小姐則是眨了好幾下眼睛。

「我想，應該是望月小姐的想法，讓菊池氏渲染在這幅畫上的思念出現了反應。菊池氏一直希望能讓更多人看見白井理吉的畫，以及其他眾多畫家的作品。這是他的願望，為了讓這裡的職員們看到更多、知道更多沉眠在這間庫房內的作品，所以才做出這樣的事。因為只要隨意移動收藏品的位置，職員們就必須把東西放回原位，而一件一件地確認館藏物品。」

環小姐輕描淡寫地說明，而原本十分吵鬧的收藏品們，漸漸地靜了下來。扁舟畫上的河面也逐漸趨於緩和，彷彿颱風過後一般寧靜。

「這幅畫，是白井理吉的遺作，菊池圭次郎對此有著強烈的意念。就是因為這樣，他才會連裱框都如此講究，盡其所能地選擇了高級綾布來裱褙。結果，雖然讓畫面與裱框出現衝突，但這也是因為他強烈希望能為這幅畫穿上最好的衣服的關係。然而諷刺的是，這個想法反而讓思念變得更加強烈。」

那麼，如果當初是由環小姐這種能夠做檯面下工作的裱褙師來裱褙，就不會發生這種事情，應該是這個意思吧。

「那麼，該怎麼做才好呢？」

畫框雖然已經徹底安靜下來，但是並不代表思念已經消失。證據就在於畫中的河川雖然平穩，但水流仍然不斷地潺潺流動。

「只要配合這幅畫變動裱框就行了，這麼一來怪事就不會再發生。就由我來負責吧。」

「真的嗎？」望月小姐的表情瞬間亮了起來。「務必麻煩您了！啊，可是，正式提出委託可能還需要一點時間。」

因為是公共設施機構，所以不管進行任何事，都必須依照規定的處理流程。大概是知道這套流程有多繁複吧，兵助先生露出了極其苦澀的表情點了點頭。

「不必特地付費喔！」

「那怎麼行呢。」

「妳就當成是一介市民的好意吧。」

看來環小姐多少還是有身為結之丘市民的自覺。雖然不知道她的戶口是怎麼登記的，不過她總是有辦法處理好吧。

看著滿臉笑容的環小姐，望月小姐似乎相當惶恐，更正確來說應該是傷透了腦筋。

「不，可是……」

「沒關係的。再說，將來兵助還需要一直受望月小姐照顧啊。」

這句話，指的是展覽呢？還是指修復掛軸之類的工作委託？我心裡雖然這麼想，但是根據周圍的氣氛來看，我本能地感覺到應該不是指這兩件事。

環小姐還是一樣笑得相當開心。不對，硬要說的話，那更像是不懷好意的笑容。站在她眼前的兵助先生，還有不知為何也做出同樣反應的望月小姐，兩個人都漲紅了臉，僵住不動。他們似乎都知道環小姐的言下之意，這次似乎又是只有我一個人不在狀況內。

「兵助。」

環小姐這麼一喊，兵助先生高大的身軀立刻嚇得強烈一震。他仍頑強抵抗地緊閉嘴巴，不過最後好像還是敵不過環小姐的微笑壓力。認命之後，他轉身面對自己的師傅，開口說道。

「我重新介紹一次。」

兵助先生做了一個深呼吸，讓自己冷靜下來。

「這位是結之丘市立博物館的館員望月麻理小姐……是我的未婚妻。」

……啥？未婚妻？跳過了女朋友，直接出現未婚妻？

這個狀況實在突然到不能再突然，我的腦中完全來不及反應。真的假的？

再次受到正式介紹的望月小姐，有點扭捏似地羞紅了臉，她抬頭看著兵助先生。現場的氣氛突然變得甜滋滋的，清楚地表現出這一切並不是在開玩笑。這還真是完全出乎預料的發展啊。

接著，兵助先生雖然有點難以啟齒的樣子，不過還是對著望月小姐說道。

「麻理小姐，這位是加納環……她不只是我認識的裱褙師，而是我的師傅。」

望月小姐睜大了眼睛看向環小姐。哎，的確會這樣沒錯。聽到這麼年輕的人是某人的師傅，的確難以置信啊。希望兵助先生的心理創傷不要在這個時候再次撕裂就好。這份自白明明已經需要極大的勇氣了，兵助先生卻更進了一步。

「另外，她看似很年輕，但一點也不年輕了。這傢伙其實是活了五百年以上的妖狐。」

啊啊，最後還是說出來了。這樣沒問題吧？兵助先生一臉如此擔憂的樣子，望月小姐則像是看著某種難以置信的東西般望著他。

「咦？這是真的嗎？不是開玩笑？」

面對望月小姐的再三確認，兵助先生不斷點頭。說得更正確一點，他像是有點自暴自棄一般表示肯定。

依據望月小姐的反應，有可能為兵助先生造成新的心理創傷。話說為什麼要現在在這裡說出來啊？應該循序漸進，慢慢讓她知道事實比較好吧。一般人不可能輕易相信，也不可能這麼輕易地接受吧，像我就是這樣。我親眼見到了會說話的動物和飛舞的鬼火，所以還算好，但望月小姐可就沒看過那些東西了。儘管看到了因為思念而亂動的畫作，但那又不是妖怪呀。啊啊，該怎麼辦？要是兵助先生當場被望月小姐甩了，我該怎麼打圓場才好啊？

我一個人拚命地煩惱，不過望月小姐的反應卻遠遠超出我的，不對，是我們的想像之外。

「好開心！想不到竟然可以看到真正的妖怪！」

「咦？」

「啊？」

看到臉上綻放笑容、興奮不已的望月小姐，我和兵助先生只能站在原地發呆。

騙人的吧！竟然這樣就相信了？被激動不已的望月小姐緊握住雙手的環小姐還是一樣冷靜，泰然自若地應付著她。然後——

「兵助，之後記得帶她到店裡來一趟。」

環小姐用不容任何解釋的美麗笑容，下達了嚴令。

在出乎意料的地方知道了出乎意料的事實後一個星期，在結之丘市立博物館內，由兵助先生和幾名年輕裱褙師主辦的「適合西式房間的原創裱褙展」正式開始。

第一天，當初集合開了會的所有成員一起前往參觀。雖然是個小型展覽，不過也湧進了不少觀眾，似乎頗受好評。場地雖然小了點，不過一字排開的各式裝裱卻相當出色。光是掛軸這部分，當中使用的畫心就有鉛筆素描、水彩畫、版畫、照片，還有用電腦繪製而成的作品，甚至還有小孩子的蠟筆畫，種類相當多樣。有些是他們的收藏，也有些是委託認識的新銳畫家繪製的。其中最引人注目的，就是不受過去的形式限制、型態多元的裝裱。例如有用和服加工製作，或是西式的蕾絲布料，或將東南亞風情的布料做為綾布使用，設計也充滿獨特的魅力。

會場中也展示了出自兵助先生之手的葉書掛。今天展示的圖畫是一幅以淺色水彩描繪而成的貓咪，不過望月小姐應該會在展覽期間換上其他各式各樣的圖畫吧。

身為展覽的主展人與負責人，那兩個人正忙著和來場參觀的人談話，或是解說作品，沒有機會找他們說話。由於他們兩人的事情已經轉達給大家知道了，每個人都像是憋了一大堆問題想問的模樣，欣賞作品的時候也一直偷看著他們。

最後我們只有打了幾聲招呼，根本沒說到什麼話就離開了博物館，不過一到閉館時間，所有帶著手機的人——除了環小姐之外——都對兵助先生發出了快點把女朋友帶過來的簡訊。除了有

環小姐的命令，再加上大家的圍攻壓力，兵助先生大概知道自己再也逃不掉了吧。在天空從橙橘色轉變成淡淡藍黑色的時候，他手裡拿著伴手禮，和望月小姐一起穿過了加納裱褙店的門簾。迎接兩人到來的所有成員，臉上都帶著令人感到不舒服的燦爛笑容，讓兵助先生的臉頰像是受不了似地不斷抽動。把未婚妻帶回老家的感覺，大概就像這樣吧。

想當然耳，兩人才在和室裡坐下，還沒打過幾聲招呼，就開始遭到大量問題轟炸。畢竟兵助先生不只是交了女朋友，而是有了婚約啊。揚羽成了主要發問的人，根據她逼問出來的資訊，他們兩人是在兩年前左右開始交往，在今年春天訂下婚約。兵助先生看起來明明不太會隱瞞事情，想不到竟然有辦法隱瞞到今天啊。我暗自表示佩服。

望月小姐剛走進店裡時還相當緊張，不過和櫻汰、揚羽聊著聊著，似乎漸漸地放鬆，臉上也多了一些笑容。喬治先生隨之加入，說著「我可以給你太太折扣」幫自家美髮店打廣告。

後來，她不只是在短得驚人的時間內就和大家打成一片，甚至還一手拿著筆記本，熱切地採訪著「大概要活到幾歲才能變成貓又？」、「天狗的鼻子真的很長嗎？」、「河童的盤子要是破掉的話該怎麼辦？」、「狸貓和狐狸變身的時候要在頭上放樹葉嗎？」等問題，甚至還說著：

「咦？還有雪女嗎？真想見一面呀～」

她一副看似非常遺憾的模樣。

「她天氣變冷了之後就會回來，到時候就能見面了。」

「我有發簡訊告訴她，她可是非常遺憾自己沒辦法來到現場啊。」

揚羽展示了蓮華的簡訊，裡面加進了比平常更多的閃亮亮表情符號，情緒相當高昂。如果她現在真的在場，肯定會更加不得了吧。

「太好了……幸好是在她不在場的時候。」

兵助先生似乎也持有相同的意見，只見他打從心底慶幸似地呼出一口氣。

「那個，關於白井理吉的那幅作品。」等到和大家聊到一個段落，望月小姐露出了之前在博物館內見過的嚴肅表情，對著環小姐說道。「那好像是在菊池氏的收藏品捐贈出來之後又過了很久，他的孫女美代子女士在家中發現了那幅畫，於是送來了博物館。」

說到美代子女士，肯定就是日記裡出現的那位美代子吧。

「由於我聽說美代子女士至今依然相當硬朗，所以就打了一通電話過去。然後問了許多關於那幅畫的事情。如同環小姐的推測，作者的確是白井理吉。他是菊池家的幫傭，美代子女士也還記得他。他稱呼菊池氏為『老師』，非常仰慕對方。據說他們兩人的感情非常好而且也非常信賴彼此，與其說是主僕，其實更像師徒或父子般的關係。美代子女士說她雖然非常喜歡、也非常重視那幅畫，可是只要一看到它，心裡就會很難過。詳細情形我沒能問出口……不果我想她應該記得白井氏，而且也記得他去世時發生的事吧。」

美代子女士應該是感覺到了祖父菊池氏的悔恨，以及白井心中的遺憾吧。

等到繪畫的話題告一段落，望月小姐像是為了改變屋內有點感傷的氣氛，露出一副稀奇的模樣東張西望，然後詢問環小姐。

「沒想到這個地方竟然有開店，請問作業也是在這個地方進行嗎？」

「不，裡面還有一間工作室。」

「好想看喔。請問我可以看看嗎？」

聽到她直接的請求，環小姐二話不說立刻起身。

「可以呀，我來帶路吧。」

「太好了！」

望月小姐如同孩子般興奮，看來與其說是好奇心旺盛，不如說是大無畏的個性吧。

等到緊緊跟在兩人身後的櫻汰和揚羽也走出房間後，兵助先生立刻像是洩了氣的皮球一般趴在矮桌上。看到他的反應，阿樹忍不住苦笑。

「想不到竟然是喬治哥的預測說中了。」

「只不過不只是女朋友，而是未婚妻啊。」

喬治先生一手拿起兵助先生他們拿回來的點心饅頭，一邊這麼說道。聞言，兵助先生立刻使勁撐起身體，瞪著阿樹。

「喂，你們在說什麼預測？」

「揚羽說最近兵助的樣子看起怪怪的，好像在隱瞞著什麼，所以召集大家一起找出原因啊。然後喬治哥就說，會不會是交到女朋友了。」

「難怪那傢伙最近沒事一直往我店裡跑。我才覺得有點奇怪，原來是這麼一回事啊。」

兵助先生一個人喃喃自語。

「我一直以為兵助先生變得奇怪，是因為工作上的問題。」

我輕聲說出這句話，引得兵助先生和阿樹他們的眼光朝著我看來。

「因為兵助先生之前過來委託環小姐工作時，感覺是一副愁眉苦臉、非常煩惱的樣子，所以我以為兵助先生並不想拜託環小姐。就算是和思念有關的工作，也比較希望能自己動手。」

如果換成我站在兵助先生的立場，我想自己應該會出現這樣的念頭。像我這種連基本技巧都還沒全部學會的人也就算了，若是像兵助先生一樣，能以專業的身分工作的話，一定會這麼想。

不過我這句發言似乎完全錯誤。

「啊……我不能說自己完全沒想過，不過我倒是很早就放棄這方面的想法了。雖說是裱褙師，不過憑我的程度，光是進行普通的裱褙就已經竭盡全力了，而且有環在，要是有跟思念相關的工作也只要委託她就好，我覺得這樣比較快吧。後來也發現，搞不好有些事情是只有我才辦得到，所以只要把精力放在那一部分就好了。」

「只有自己才辦得到的事情，是嗎？」

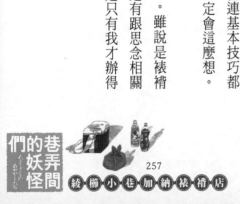

「對。就我來說，就是這次的原創裱褙。」

兵助先生說完後，似乎有點不好意思起來，接著喃喃說道：「哎，不過這也不是什麼了不起的事情啦。」

「為什麼是原創裱褙呢？理由是什麼？」

我這麼一問，兵助先生反而有點畏畏縮縮的。

「你真的想知道？」

「我想知道。」

我繼續追問。兵助先生看起來雖然不太想說，不過最後還是緊盯著店門口，開始說了起來。

「大概是我還在念小學的時候吧。我偷偷聽見了老爸和環的對話。他們在討論最近沒有壁龕的房子越來越多，再這樣下去，裱褙師的工作大概會減少。後來我也問了環，如果人類不再需要裱褙，裱褙師沒了工作的時候，她會怎麼辦。」

結果環小姐似乎露出了困擾的微笑，這麼回答。

——在人類社會當中生活也不是辦法。我大概會把店鋪收起來，回去深山裡吧。

環小姐可能是半開玩笑地這麼說，然而當時還小的兵助先生卻把這句話當真，而且還受到了打擊。已經有兩百年以上的時間，佐伯家的每一位祖先都是拜環小姐為師。所以他已經認為環小姐待在身邊是理所當然的事了。可是再這樣下去，師傅就會離開自己。兵助先生因此感到焦急，而且十分混亂。

之後，兵助先生便開始認真思考該怎麼做才能留住環小姐，不讓她回去山裡。如果一切的起因是因為人類不需要裱褙了，那麼只要增加人類對裱褙的需求就行了。可是如果沒有壁龕，就沒有機會掛出傳統的掛軸。既然如此，乾脆嘗試看看能夠掛在西式房間的原創裱褙好了，這樣應該就會有人需要了吧！還是小學生的兵助少年做出了這樣的結論，隨後又經歷了不願繼承家業的叛逆期，峰迴路轉之後，最後還是將心力放在原創裱褙的創作上。其中的來龍去脈就是如此，然後這些事情又在百轉千折之後，和這次的展覽連繫在一起，所以實在不知道人生到底會在何處與何種東西相連在一起啊。

阿樹他們似乎也是第一次聽說這個故事，紛紛表示佩服之意。

「沒想到兵助竟然會考慮這種事啊。」

阿樹說完後，喬治先生也瞪大了眼睛接著說道。

「你那個不太靈光的腦袋還是有辦法想很多事嘛。」

「我才不想被你這麼說呢！」

大吼之後，兵助先生有點不好意思似地抓了抓頭。

「因為你們總是異常地果決啊。就像新那樣，能將自己長時間在人類社會中堆積起來的成果率性地全部扔掉。真要消失的時候，根本不會猶豫吧？因為只是回去原本的地方啊。硬要說的話，變身成人類生活只是某種非正規的行動吧。人類只要活著就沒有辦法做到那種事，人類只能在人類的社會中生存，可是你們卻有辦法隨時離開，所以我才會害怕你們的果決和率性啊。」

之前小杏有說過，她不論是在鐮鼬的同伴中還是在人類的社會當中都無處安身。那個意思應該是一旦融入同伴後，就不會再次出現在人類面前了。至於雙葉，原本座敷童子就不會和人類有所牽扯。此外也有像櫻汰他們那種獨立的天狗，雖然所處的範圍越變越狹窄，不過他們的確可以不和人類扯上關係，獨自生活下去。

他們說不定會在某一天突然消失無蹤，然後就再也見不到面。這份不安，我現在可以深深體會。畢竟幾個月前，我才剛經歷過一次類似的體驗。那個時候只是我太過急躁，大家也只是正好離開店鋪一陣子而已。現在的確可以笑著討論這段經歷，不過那個時候真的非常恐怖。

「不過，為什麼不早點告訴我們你訂婚了呢？」

他們是在四月訂婚，如今已經過了三個月。照理來說，不是應該更早一點向師傅報告嗎？

「我有打算說啊。所以才特地選了一個時間，還把揚羽他們都趕走。可是真要開口的時候，先是新打了電話過來，然後你也跑過來。」

兵助先生猛地轉頭瞪了我一眼。

「最後又迸出了雙葉的委託，結果就徹底錯失時機了。」

啊啊，原來是那個時候啊。我回想起來了。雖然不是故意的，不過我還是感到有點內疚。

「而且又被新那個傢伙發現。」

「難道是那個惡作劇？」

阿樹靈光一閃似地追問，兵助先生隨即虛弱地點頭。

那個寫在衛生紙上，指名要給兵助先生的神祕訊息，原來是這個意思嗎？

「之前不是和新一起去看那傢伙的畫嗎？他大概是在那個時候發現的吧。」

「光憑那一點點時間？」

在我眼中，我只看到了博物館員，以及和她有著工作往來的熟識業者。雖然頗為親密，不過也是在工作範疇內的感覺。

「因為新先生對這種事情相當敏銳嘛。」

大概是因為在戀愛方面有過那樣的經驗的關係吧。我心裡這麼想，不過阿樹卻笑著否認道「他只是很喜歡一頭栽進別人的戀情當中而已」。啊啊，所以才會不惜翹掉工作，也要協助後藤同學實現她的戀情吧。

「後來我開始忙了起來，就沒有時間可以過來了。」兵助先生邊說邊垂下視線。

「而且，這真的很難說出口啊……那個，因為以前發生過很多事。」

那個「很多事」，指的應該就是過去的心理創傷吧。

「不過，你應該一直都想說出來吧？」

喬治先生一邊喝著茶一邊發問，而兵助先生回答「那是當然的」。

「那麼，你已經克服年輕時心中的傷痛了嗎？」

「那個到現在也還是心理創傷啊，不過……」兵助先生一度閉上了口。「我總覺得她不會有問題，她一定有辦法接受這一切。我有這樣的預感，只是沒想到她會接受得這麼快。」

這一點對兵助先生來說似乎也是徹底地出乎預料之外。

不過，環小姐又是從什麼時候就發現他們兩人的事呢？我還在思考時，環小姐正好早一步從裡面的工作室走了出來。機會難得，所以我就直接問了環小姐。

「環小姐是什麼時候發現兵助先生他們的事呢？」

環小姐正動手把熱水瓶裡的水倒進茶壺裡。她像是在回憶過去一般稍微頓了頓，然後回答。

「這個嘛……是和她第一次見面的時候吧。」

換句話說就是跟新先生同時嗎？沒發現的人就只有我一個。我真的有這麼遲鈍嗎？不對，一定是他們兩個人太敏銳了。

這個回答似乎讓兵助先生也嚇了一跳，表情整個凍結起來。原本以為隱藏得很好的事情早就被人發現，會出現這樣的反應也是理所當然。

「這麼早就發現了？」

「差不多吧。因為兵助那時的話出奇地少，而且動作也有點生硬。我馬上就覺得應該發生了什麼事情。另外彌助……兵助的父親當年訂婚的時候，也出現了一模一樣的表情和動作。果然有其父必有其子啊。」

和一邊喝著剛泡好的茶，一邊笑著說話的環小姐相比，兵助先生則是急速地變得消沉，雙手抱頭。而環小姐又繼續說了「因為兵助好像想要隱瞞，所以我也暫時什麼也沒說」，這次兵助先生真的是難為情得不得了，連脖子都變紅了。

「可是兵助好像一直說不出口，所以最後我還是等不及，不小心先說出來就是了。」

「……騙人的吧～」

環小姐應該也知道兵助先生的心理創傷，難道她沒有考慮到那一點嗎？

「因為那是兵助選擇的人呀，所以我想應該不要緊的。」

看著一臉狡猾笑容的環小姐，兵助先生完全無法回嘴，只好讓自己的額頭咚的一聲直接撞在矮桌上。師傅畢竟高明得太多，所以隱瞞的事情都被她看穿了。不過環小姐相當信賴兵助先生這件事情是貨真價實的。跟人類與妖怪的關係無關，而是以師傅和徒弟的身分，以專業裱褙師的身分，或者是以家人的身分互相認同、互相尊重。今天在展覽上，環小姐可說是欣喜若狂地看著兵助先生製作的原創裱褙，只是不知道他有沒有注意到。

菊池氏和白井氏應該也是如此吧。他們的身分和立場截然不同，但是兩人之間卻透過繪畫而產生了無可撼動的連繫。如同美代子女士所說，有時像師徒、有時像父子——就像家人一樣的關係。這一點，可能跟環小姐他們有點相似也說不定。

「兵助，你的時間沒問題嗎？明天不是還有展覽嗎？」

「啊啊，說的也是。」

在環小姐的提醒下，兵助先生緩緩起身，走到裡面的房間去迎接望月小姐。已經完全和揚羽他們打成一片的望月小姐似乎相當喜歡這間店，她在回去之前略顯興奮地問了環小姐。

「我可以再來拜訪嗎？」

「當然，非常歡迎喔。」

聽到這句話，望月小姐看起來是真的喜出望外。即使走出店外，她也頻頻回頭，不斷揮手，看似很不情願地回去了。儘管環小姐和喬治先生先回到店內，我們仍然一直目送他們的背影遠去，直到看不見為止。

在博物館裡見面時，我覺得她是個相當沉穩的成年人，不過那應該是在工作中的望月小姐吧。今天的感覺有點不太一樣呢，應該說是年輕還是稚氣呢？搞不好她的年紀遠比我想像得更年輕也說不定。我邊想邊說出「望月小姐的年紀說不定跟我差不多大呢」，結果櫻汰像是被嚇到了一樣瞪大眼睛。

「你在講什麼？麻理可是成年人喔？」

那倒也是，因為她是社會人士嘛。我心裡這麼想，不過櫻汰想表達的意思似乎並不是這樣。

「麻理比兵助還要大，她說她今年三十二歲了。」

「真的假的？」

「那麼就是比兵助大四歲了，是姊弟戀呢。」

「果然沒錯，我就覺得兵助一定會選年紀比自己大的人。」

相對於阿樹悠哉的口氣，揚羽則是露出詭異的笑容，嘿嘿嘿地怪笑起來。

「為什麼呢？」

「佐伯家的人都是這樣呀。雖然以前都是相親結婚，不過真的會喜歡上的對象，全都是年紀比較大的人，像彌助的太太也比較年長。不過硬要說的話，他們心中理想的女性形象其實都是環小姐啦。」

會在這裡聽到環小姐的名字，著實讓我嚇了一跳。

「因為他們為了繼承家業，每個人都是在十幾歲的時候就拜環小姐為師。在最容易受到影響的青春期，每天都朝夕相處，學習各式各樣的東西耶，這麼一來當然會受到影響啊。」

「啊……原來是這樣。」

「就是這樣。」

揚羽自信滿滿地斷定。和揚羽一樣認識佐伯家歷代當家的阿樹也表示同意。

「的確，他們每個人都選了年紀較大，而且莫名和環小姐有點相似的人。不是外表相似，而

是內在，例如氣質之類的。」

「嗯，這麼說來的確是這樣沒錯呢，麻理也跟環一樣我行我素啊。另外她看到工作室的時候，似乎也相當開心喔。」

我想到望月小姐在知道大家的真面目之後，不僅不為所動地爽快接受這一切，而且還有點樂在其中的樣子。這份不拘小節、胸襟寬廣的樣子，可能真的有點像，也就是很有氣度的人。相信兵助先生應該就是被這一點吸引吧。

「這麼說來，洸之介將來應該也會帶個和環小姐相似的人回來吧？」

阿樹突然對我這麼說，我不由自主地發出了「欸？」的怪聲。

這麼遙遠的事情，一點真實感都沒有，我完全想像不出來。

不對，在此之前，我反而更加懷疑那樣的未來是不是真的會來臨。因為實在太疑惑了，導致我什麼話都說不出來。這時，滿臉笑容的櫻汰搶先說道。

「那還真是讓人期待呢！到時候可不要像兵助一樣隱瞞喔。」

相對於櫻汰的開心，一旁的揚羽卻突然心情大壞起來。她抬頭瞪了我一眼，瞇起眼睛，然後用偏低的聲音「嗯哼～」了一聲。看到這個不太像她的行為，我有點緊張了起來。

「怎麼了嗎？」

「沒什麼啊～」

聽起來完全不像是沒什麼的感覺啊。到底是什麼事情讓她這麼不高興啊？到剛剛為止都還是一副開心的模樣，難道是我做出什麼激怒她的事情嗎？不對啊，我根本什麼也沒說耶。

我因為過於混亂而說不出話來的時候，揚羽已經把臉用力撇向一邊，躲進了店裡。

看到我呆滯的模樣，阿樹苦笑了起來。

「她只是想到自己中意的小弟總有一天要結婚，所以覺得有點寂寞而已。揚羽只是在鬧彆扭，沒關係的。」

「她中意我嗎？」

「揚羽可是不會跟她不感興趣的人類說話，更不會用手機聊天喔。」

「啊，是……」

原來是這樣嗎？雖然不覺得她討厭我，不過這實在是有點難以理解啊。

「喂～你們到底要在外面待到什麼時候？」

喬治先生從門簾細縫當中探出頭來，隨後環小姐也跟著走出店外。

「再不快一點，點心就要被喬治吃光了喔。」

「太奸詐了，喬治！」

櫻汰立刻朝著喬治先生突擊，「嗚喔！我被打倒了！」喬治先生邊喊邊向後倒地。阿樹連忙湊上前去，而店裡則是傳出了揚羽的笑聲。

我愣愣地望著被店內燈光照亮的他們，結果不經意地和環小姐四目相交。今天這件散發出沉穩氣息的紫紅色竹葉花紋和服，依舊非常適合她。她的外表當然不必多說，不過環小姐從以前到現在應該都沒有變過吧。她總是一如往常地待在這裡，一如往常地守護著兵助先生他們。和大家一起聚集在這裡。

（將來嗎……）

我開始想像著自己像現在一樣出入這家店，和大家一起談天說地，向環小姐學習各種事物的未來。考上附近的大學，在某間公司就職成為上班族工作，有時間的時候就到這裡來。這點程度還是有辦法想像得出來，因為我想減輕媽媽的負擔，想要早點進入社會工作。可是那個畫面卻有某種含糊不清的感覺，有一種成年人就是如此、社會人士大概就是這樣的單調印象。和兵助先生選擇成為全心研究原創裱褙的裱褙師，是完全不同的兩件事。

阿樹說的那種未來之中，我會變成什麼樣的大人呢？即使我試著描繪出具體的未來模樣，卻總是連輪廓都想像不出來。我也努力想把焦點都集中起來，可是卻變得更加模糊，無法成形。

（……不對……那種將來希望成為這種大人的具體雛形，我打從一開始就沒有啊……）

和其他同學相比，我一直無法認真準備考前衝刺的原因，會不會就是這個呢？

發現自己沒有大家都擁有的東西，一股難以言喻的不安朝我席捲而來。

我的視線前方，環小姐正瞇起了她的大眼睛微笑著。若是平常，看到她的笑容就會有某種安心的感覺，可是今天不但不安心，甚至帶來了焦躁感。可能是覺得站在原地不動的我有點奇怪，環小姐開口呼喚我的名字。

「洸之介？怎麼了嗎？」

彷彿被釘住一般動彈不得的身體終於動了，我將不斷湧出的不安強壓下去，蓋上蓋子。雖然知道這不過是在拖延時間，而且一旦知道了，自己也沒辦法繼續假裝下去。不過，總之我現在想要更多讓自己冷靜下來的時間。

為了不讓對方發現這股湧上心頭的不安，我把它們趕到內心深處，硬是擠出笑容。

「不，沒什麼。」

環小姐目不轉睛地望著我。我想環小姐應該已經看穿我心中所有的動搖，不過我還是堅持蒙混過去。

隨後，我跟在環小姐身後，一如往常地穿過加納裱褙店的門簾。

到了未來，這個「一如往常」是否能夠持續下去呢？雖然我不知道自己會變成什麼樣子，不過我打從心底希望，這個「一如往常」能夠永遠持續下去。

後記

早安、午安、晚安，還有好久不見，我是行田尚希。

在此獻上第二本關於裱褙以及不太一樣的妖怪們的故事。

這是第二集，是第二集喔。第二集！

想不到啊想不到，我竟然可以寫續集，而且還和書中人物面對面地度過如此漫長的時間，真的太意想不到了。

上一本原稿完成，是距離開始書寫本書原稿的一年前。途中雖然有修正過原稿，但是我這個只要寫完就徹底忘記、毫無記憶力可言的腦子，真的還記得這群妖怪們嗎？我有點擔心。不過後來從記憶之海當中釣上來的他們全都意外地自己動了起來，所以才能順利地建構成形。看來我似乎比自己想像得更喜歡他們，雖然我偶爾會忘記各角色的設定就是了。

不過話說回來，這本書明明是在冬天發售，故事內容卻是從春季橫跨到夏季……季節錯亂也該有個限度對吧……這一點來自於作者的能力不足，真的非常抱歉。

那麼回歸正題，這次也得到各方人士眾多的協助。

教導我許多紙門和格子門相關知識的宮子小姐，以及我的浮世繪師傅，同時也提供我關於茶屋姑娘的建議的友人齊藤先生，我想藉此場合表達我的感謝，真的承蒙兩位照顧了。

一直守護著我的家人與朋友、責任編輯以及每一位為本書付出心力的人，還有閱讀本書的各位讀者，我真的打從心底感謝各位。

已經閱讀過內文的讀者應該已經發現了，他們的故事還會延續一段時間。如果各位願意繼續伴隨他們走下去的話，我真的會非常開心。

那麼，希望能在下一篇故事和各位再次相見。

行田尚希

參考文獻

❖《江戶水茶屋風俗考》佐藤要人（三樹書房）

❖《日本史劇本 51　錦繪賞析》淺野秀剛（山川出版社）

❖《物品與人類的文化史 108　紙門》むしゃこうじ みのる（法政大學出版局）

❖《NHK美之壺　屏風》NHK「美之壺」製作班編（NHK出版）

❖《裱褙解說》山本元著　宇佐美直八監修（芸艸堂）

國家圖書館出版品預行編目資料

卷弄間的妖怪們. 2, 綾櫛小巷加納裱褙店／
行田尚希作；江宓蓁譯.
--初版. --臺北市：臺灣角川, 2015.02
　面；　公分. --（輕・文學）
譯自：路地裏のあやかしたち：綾櫛横丁加
納表具店. 2
ISBN　978-986-366-368-3（平裝）

861.57　　　　103026765

輕文學
Light Literature

巷弄間的妖怪們 綾櫛小巷加納裱褙店 2

原著名＊路地裏のあやかしたち 2　綾櫛横丁加納表具店

作　　者＊行田尚希
插　　畫＊舟岡
譯　　者＊江宓蓁

2015 年 2 月 10 日　初版第 1 刷發行

發 行 人＊加藤寬之
總　　監＊施性吉
主　　編＊李維莉
文字編輯＊張秀羽
資深設計指導＊黃珮君
設計指導＊許景舜
印　　務＊李明修（主任）、張加恩、黎宇凡、張則蝶

發 行 所＊台灣角川股份有限公司
地　　址＊105 台北市光復北路 11 巷 44 號 5 樓
電　　話＊（02）2747-2433
傳　　真＊（02）2747-2558
網　　址＊http://www.kadokawa.com.tw
劃撥帳戶＊台灣角川股份有限公司
劃撥帳號＊19487412
製　　版＊尚騰印刷事業有限公司
I S B N＊978-986-366-368-3

香港代理
香港角川有限公司
地　　址＊香港新界葵涌興芳路 223 號新都會廣場第 2 座 17 樓 1701-02A 室
電　　話＊（852）3653-2888

法律顧問＊寰瀛法律事務所